DIE ZUKUNFT IST EIN FREMDER

DIE ZUKUNFT IST EIN FREMDER

Science-Fiction-Erzählungen

Yvonne Kraus

Josef Kraus

Impressum

1. Auflage

© Yvonne Kraus, Josef Kraus 2024

Nachdruck, auch in Auszügen, darf nur mit ausdrücklicher und schriftlicher Genehmigung durch Yvonne Kraus und / oder Josef Kraus erfolgen. Kein Teil dieses Buches darf ohne schriftliche Einwilligung der Herausgeber Yvonne Kraus und / oder Josef Kraus in irgendeiner Form reproduziert werden oder durch elektronische Systeme verarbeitet, vervielfältigt oder veröffentlicht werden.

Alle Rechte vorbehalten.

Die Autoren übernehmen nicht, ausdrücklich oder implizit, Gewähr für den Inhalt des Werkes, etwaige Fehler oder Äußerungen.

Herausgeber und Gesamtverantwortliche:

Yvonne & Josef Kraus
Seeweg 9
53894 Mechernich
hallo@yvonnekraus.de

Gestaltung Buchcover: Limes Design, Katharina Hoppe
Bildnachweis Cover: © Shutterstock: Barandash Karandashich

ISBN:
Taschenbuch: 978-3-949854-21-7
Hardcover: 978-3-949854-22-4
E-Book: 978-3-949854-23-1

INHALT

Weltenuntergang	7
Die langen Jahre	21
Spin um Spin	47
Das kleinere Los	67
Unter einer sterbenden Sonne	95
Orange	109
Großvater ermorden	133
Was wir waren	163
Dieser Unfug	179

WELTEN-
UNTER-
GANG

von Josef Kraus

Es ist der müde September eines auch sonst ereignislosen Jahres. Ich befinde mich in New Las Vegas, einer Unterhaltungsstation im Orbit um Saturn. Ich sitze in einem großen Casino-Saal im westlichen Teil der kilometerlangen Anlage. Hunderte Kronleuchter erhellen unsere bleichen Gesichter, und surrende Vintage-Automatengeräusche flirren durch die umgewälzte Luft. Im Hintergrund spielt unaufdringliches japanisches Glockenspiel.

Es ist dreizehn Uhr oder auch neun Uhr oder vielleicht kurz vor Mitternacht, aber das ist mir und allen anderen Lebewesen auf dieser Station egal. Vielleicht zersprengt ein undokumentierter Meteoritenregen gerade die Schutzschilder der Station, leert langsam unsere Ressourcen, bis wir nackt dastehen und in den Fluten der Brocken auseinandergerissen werden. Davon kriegen wir hier nichts mit, der Saal ist fensterlos. Möglicherweise würde die Stationsleitung auch nicht evakuieren, den heutigen Casinobetreibern ist alles zuzutrauen. Außerdem muss die Frage wohl lauten: Wollen wir überhaupt evakuiert werden?

Ich schaue mich um. Die Wesen von Tau Ceti sind hier. Jahrzehnte haben wir uns gegenseitig bekämpft und vernichtet. Mein Vater hat den Krieg mit ihnen mit dem Leben bezahlt. Unter normalen Umständen würde ich sie auch hier hassen wie jeder gute Mensch sie hasst, obwohl der Waffenstillstand schon einige Jahre Bestand hat. Unmöglich sind sie anzuschauen mit ihren scheußlichen Kiemen. Ihre zähe Evolution hat nichts zurückgenommen, obwohl sie schon lange den Ozeanen ihrer Heimatwelt entflohen sind. Sie sind uns fremd, so wie wir ihnen fremd sind. Der Frieden mit ihnen war keine Herzensangelegenheit. Aber es hat sich herausgestellt, dass unsere Kulturen einiges verbindet. Unter anderem das Glücksspiel.

Ich scheine hier auf der Station auch irgendwo ein bezahltes Hotelzimmer zu haben, aber ich weiß nicht mehr genau, ob dort jemand auf mich wartet. Ich bin mir ziemlich sicher, dass niemand mit mir hierhergekommen ist. Umso besser, denn wenn jemand wartet, ist es vergebens. Heimkommen werde ich nicht mehr. Darauf scheinen alle Zeichen hinzudeuten. Aber was ist schon Heimat? Meine Heimat ist da, wo ich spiele.

Wie lange bin ich hier? Ich habe schon seit Wochen keinen Baum und keine Wiese mehr gesehen. Selbst den simulierten Flora&Fauna-Raum betrete ich nicht. Er ist zur

Erholung der Seele auf jeder großen Station vorgeschrieben. Ich starre die Spielmaschine an und werfe erneut meine Credits in diesen Schlund hinein. Das haben sie extra so gemacht. Längst abgeschafft, haben sie das Geld wieder erfunden. Es ist die haptische Währung, die das Glücksspiel erst möglich macht. Geldscheine wie zertretenes Gras, verknotete und dreckige Scheine, erst obsolet und nun wieder wertvoll. Die Münzen haben sie auch wieder eingeführt. Nach dem Krieg haben wir uns auf unsere Hochkultur zurückbesonnen.

Ich starre auf den Geldschein, der mir gehört und gleichzeitig dem Casino und gleichzeitig auch der Regierung. Er ist auf seine Weise frei. Die feinen Risse gehen in zufälligem Muster durch das elektronische Wasserzeichen. Viele Tausende Hände haben ihn berührt. Auch die Wesen haben ihn schon berührt. Es ist schönes Geld. Der Schein, den ich hochhalte, zeigt einen berühmten Präsidenten. Die Note erkennt, dass ich sie ansehe, und der alte Kerl zwinkert mit zu. Er kann noch mehr Tricks. Wenn man sie zerknüllt, wird er sogar wütend. Du besitzt in dieser Welt am Ende nichts. Aber dich selbst will am Ende auch niemand besitzen. Trotzdem, ich muss es zugeben, es ist eine schöne 100-Credit-Note. Geld, das ich konstant verliere und das ich irgendwoher habe, woher, ist mir ein Rätsel. Ich scheine immer genug davon zu haben, um hier für eine weitere Zeit zu überwintern, und mehr Sorgen muss ich mir aktuell nicht machen.

Die alten Automaten ohne weitere Interaktion mit einem anderen Lebewesen sind mir am liebsten. Sie reduzieren alles auf eine persönliche Ebene, wo nur ich selbst für mein Unglück verantwortlich bin. Ich muss nicht an einem Tisch sitzen und allerlei Konterfeis ablesen, am Ende gar das Gesicht eines Ceti-Wesens. Die sehen sowieso alle gleich aus für mich.

Nein, ich spiele lieber alleine. Da bleibe ich in Kontrolle. Meine Glückssträhnen werden einzig und allein vom Algorithmus beherrscht, der von der Geschäftsleitung in die Maschinen einprogrammiert ist. Und auch, wenn ich in den vielen Verkabelungen und Halbleitern die Regeln nicht durchschaue, so ist doch klar, dass man irgendwann am Automaten gewinnt. Wenn man nur lange genug spielt, geht die Gewinnwahrscheinlichkeit gegen eins. Das Glück ist irgendwann unvermeidbar. Das ist natürlich nur die Kurzfassung meiner Strategie, aber im Grunde trifft es die grundsätzliche Taktik, die ich an den Tag lege. Ich weiß selbst, dass das nicht allzu elaboriert ist, aber schließlich habe ich noch nie gewonnen und daher bessere Chancen als die meisten.

Ich muss hier auch nicht viel tun. Außer zu spielen. Wenn ich Hunger habe, erkennt das eine leicht bekleidete, glücklicherweise menschliche Kellnerin und serviert mir ein Sandwich auf Kosten des Hauses am Platz. Wenn meine Zunge vertrocknet und sich der Durst meldet, erreicht dieses Bedürfnis die Bediensteten wie Radiowellen. Ohne viel Aufwand nähert sich dann wieder eine andere aufmerksame Kellnerin, durchschreitet den Spielsaal majestätisch und geht spielerisch den Betrunkenen und Ruinierten aus dem Weg, um mir unversehrt ein Tablett mit einer großen Auswahl an Drinks anzubieten. Ich zeige auf meinen Favoriten und sie nickt, aber wie immer kennt sie meine Wahl schon vorher.

Ich trinke hier viel. Das Leben hat einen Punkt erreicht, wo das Trinken zu jeder Zeit einen Sinn ergibt. Um nicht sturzbetrunken zu werden, werfe ich eine Antialkoholpille ein und trinke weiter. Wir haben den Ceti-Wesen auch das Trinken beigebracht. Aber es hat sich herausgestellt, dass sie nichts vertragen. Ein kleiner Drink wirft sie schon komplett aus der Bahn. Ein Wunder, dass diese Schwächlinge so gut kämpfen konnten. Was ihnen an körperlicher Stärke fehlt, machen sie mit ihrem Erfindungsgeist wett. Sie haben diese Pillen entwickelt, die die negativen Wirkungen des Alkohols abschwächen, nicht aber seine positiven. Salopp gesagt muss keiner mehr kotzen, um sich beschwipst zu fühlen. Sie vermarkten die Pillen nun auch bei uns. Obwohl ich viel vertrage, bis ich zusammenklappe, nehme ich das Zeug gerne. So bleibe ich in einem Zustand extremer Betrunkenheit weiterhin kognitiv und in vollständiger Kontrolle über meinen Geist und Körper – nur der Rausch wirkt wie gewöhnlich. Das ist mir sowieso die liebste Phase beim Trinken. Der Mut, die Kraft. Ohne chemische Hilfe dauert dieser Moment nur kurz, zu kurz, nur bis zum nächsten Drink, der dann irgendwann einer zu viel wird. Mit den Pillen kann ich diesen Rauschzustand stundenlang halten und besser spielen. Ein Dauerrausch. Die Pillen hätten wir schon früher gebraucht, aber es brauchte erst ein paar Außerirdische, denen wir das Trinken beibrachten.

Ich schaue auf den Automaten vor mir. Teilnahmslos registriere ich meinen Verlust an Credits, er wird mir ständig in die Augen eingeblendet. Minus, minus, minus. Die Statistik ist schlecht. Aber den Automaten oder gar das Spiel zu wechseln, ist mir unmöglich. Zu aufwendig. Es ist, als wäre das eine Herkulesaufgabe, für die ich eine andere Lebenszeit aufwenden müsste. Ich entscheide mich immer dafür, diesen Automatenwechsel, der für sich genommen vernünftig ist, zu vertagen. Oder ich streiche das Vorhaben direkt aus der Liste meiner Handlungsmöglichkeiten. Das wäre ehrlicher. Ich kann hier nicht aufstehen. Ich werde bis zum Ende meiner Zeit an dieser Stelle bleiben. Das könnten manche tragisch nennen, aber mir sind Beobachter egal. Falls es welche gibt.

Die Angestellten wechseln. Alles Menschen, denn Robotern gibt man kein Trinkgeld. Das hat sich herausgestellt, wie die Sache mit dem Geld. Ich kenne alle Mitarbeiter hier. Nicht besonders gut, aber ich weiß, wie sie ausschauen, kenne die Art, wie sie sprechen, beobachte, wie sie gehen, was sie in welcher Situation tun usw. Das ist schon ziemlich viel. Was gibt es mehr über einen Menschen zu wissen?

Ich schaue auf den Glücksspielautomaten und sehe plötzlich drei oder vier Erinnerungen aus einem alten Leben, welche tatsächlich mit etwas Glück echt sein könnten und keine filmische Umsetzung meines Egos. Sie spielen sich vor meinem geistigen Auge in schneller Abfolge ab wie eine Rolle der aufregendsten oder schönsten Momente, verschwimmen dann wieder mit der nächsten Szene. Ich sehe sie wie ein Hologramm auf einen feinen Nebelregen abgespielt. Wenn ich die Augen zukneife, blicke ich durch den Sprühregen hindurch auf die Realität vor mir, die typischen, sehschwächefreundlichen Nummern auf der Maschine, die mir zublitzen.

Auf einer Videoaufzeichnung einer Überwachungskamera des Casinos könnte man mich als Gestalt erkennen, die trotz akkurater Temperierung des Raumes in einem Mantel dasitzt. Es macht übrigens keinen Unterschied, ob man hier auf der Station dick eingepackt ist oder kaum eine Bekleidung anhat. Die automatisierte Temperatur ist für die Zone, in der man sich befindet, stets perfekt austariert. Was man anzieht, ist durch den Fortschritt und die Technologie zu einer Entscheidung ohne Bedeutung geworden. Das ist der neue Zeitgeist, denke ich. Aus der Perspektive einer anderen Überwachungskamera würde man in meinem ausdruckslosen Gesicht sehr lange nach dem Aufblitzen einer Emotion Ausschau halten müssen. Aber natürlich sieht gerade niemand hin. Ich bin ein gewöhnlicher Solospieler, der eine Verlustserie hat. Was sollte daran interessant sein?

Etwas anderes wäre es vielleicht, wenn ich aus meiner Manteltasche meine nicht registrierte Waffe aus dem Krieg herausziehen und wild um mich ballern würde, bis mich ein Sicherheitsroboter überwältigt. So würde ich vielleicht sicherstellen, dass sich später Polizisten der Station diese Aufzeichnungen ansehen würden. Sie würden nach dem Moment suchen, in dem mein Fass zum Überlaufen gebracht, wurde und nichts weiter finden. Nicht, dass ich so vorgehen würde. Niemals. Ich habe nichts gegen diese Leute hier. Nicht mal gegen die Wesen. Und wenn, ich sage das rein hypothetisch, wenn ich das so machen würde, würde ich mich zuerst auf die Suche nach der Geschäftsleitung machen, um mir mein Geld wiederzuholen. Oder auf die

Suche nach jemandem, der mir beantworten könnte, woher ich das Geld habe, das ich verliere. Aber ich habe keine Waffe mitgebracht – glaube ich. Ich taste kurz meinen Mantel ab, da ist nichts.

Es ist sowieso ständig so, als würde ich träumen. Wenn ich nicht träume, sondern wach bin, denke ich an meine Träume. Nur Uneingeweihte meinen, ich würde spielen. Aber ich träume.

An einen Traum erinnere ich mich noch besonders gut. Als Kind kam ich einmal nicht mehr von einem Baum herunter. Es war ein mir gut bekannter Baum, den ich vorher unzählige Male ohne Respekt erklommen hatte. Der Baum war in der Stadt gerade in meiner Altersgruppe weithin bekannt, denn er bot eine Vielzahl solider Äste, die man mit schönen Schwüngen und starkem Griff erkunden konnte. Er war auch als fieser Kletterbaum bekannt, der einige junge Knie und Gelenke auf dem Gewissen hatte, denn je mehr er sich nach oben verjüngte, desto größer wurden die Abstände, unzuverlässiger die Äste und desto mehr musste man für einen sicheren Aufstieg arbeiten. Um sich kletternd weiter nach oben vorzuarbeiten, war ein stetig höheres Risiko nötig.

Viele Generationen hatten hier das Klettern geübt und waren nie über eine gewisse Höhe hinausgekommen. Diese war noch relativ einfach zu erreichen, der Meridian des Kletterbaumes, aber direkt danach stieg der Schwierigkeitsgrad steil an. Netterweise hatte der Baum selbst für die genaue Markierung gesorgt, denn er formte an diesem Punkt eine große und gemütliche Mulde für alle erschöpften Kletterer, ein Basecamp für die Vernunft. Und hier war auch die Hauptstelle auf dem Baum, auf der die meisten Liebesschwüre und die unflätigen Zeichnungen in das Holz geritzt wurden. Ich betrachtete eine der Ritzereien, in denen meine Liebe zu Maria für alle Zeiten, wenigstens aber für die relevante Zeit eines Baumlebens, dokumentiert war. Aber ich hatte kein Bild von Maria vor Augen. Nur den Schriftzug im Baum. Wie Maria aussah und was mich noch mit ihr verband, war für alle Zeiten verloren in der Unzulänglichkeit meines beschränkten Erinnerungsvermögens.

Doch in diesem Traum, um ihn zu Ende zu erzählen, an diesem Tag, hörte ich nicht auf zu klettern. Mit der Entschlossenheit einer großen Leichtigkeit überwand ich das Basecamp und fing den schwierigen Teil des Aufstiegs an. Schon bald sah ich die dicken Äste nicht mehr und musste nach dünnerem Holz greifen. Aber ich hörte nicht auf, kletterte immer weiter, und der Baum, wohlwollend an diesem Tag, vernahm meine Absichten und warf mir immer wieder einen Ast zum Greifen, einen Hüftschwung zum Treten hinzu.

Nach einer Ewigkeit des Kletterns und der vielen Bewegungen, die ich völlig unangestrengt abspulte, merkte ich, weit oben, schon beinahe im Wipfel, dass die Äste mein Körpergewicht nicht mehr tragen konnten. Es war dieser Moment, in dem ich mir das erste Mal Gedanken machte, wie ich wieder herunterkommen würde.

Doch der Rückweg war verbaut, gänzlich unmöglich ihn anzutreten. Es gab plötzlich keinen Rückzug, nur die Frage, wie ich es so weit ohne jegliche Taktik und Vorsicht hatte treiben können. Es war vielleicht eine übliche Zauberei des Traums, aber kein Ast und keine Mulde schienen bereit für meinen Rückzug.

Überhaupt war es beinahe unglaubwürdig vor mir selbst, war die Realität beinahe ihrer Lüge überführt, dass ich diese unwirkliche Höhe erreichen konnte. Ich war gefangen auf einem letzten begehbaren Baumholz inmitten von brüchigem und schwachem Geäst.

Der Baum drohte mir mit einem zornigen Orchester des Knarzens. Ich war verloren. Wie der letzte Überlebende eines havarierten Schiffes, nur aus Zufall überlebend, beobachten kann, wie er langsam, viel schlimmer als die anderen, stirbt. Wie von Gotteshand an den Ohren gezogen und auf diesem Koloss von Baum platziert, blieb ich zwei Stunden der Gefangene des Baumes. Müde und heiser vom Rufen war ich, als mich Spaziergänger hörten. Ich war um mein Leben besorgt, aber gleichzeitig stieg auch eine große Freude in mir auf. Ich dachte: Wenn es glimpflich ausgeht für mich, dann bleibt es mehr als eine schöne Erinnerung. Dann ist es wie die Bewältigung einer undurchdringbaren Distanz, wie der erste Fußabdruck auf dem Mond oder dem Mars. Ich weiß noch, wie stolz ich war, trotz aller Angst. Im Nachhinein würde der Fußabdruck dieser Tat meinen Geist erhellen. Die Eitelkeit einer unmöglichen Tat.

Begabte und gut ausgestattete Feuerwehrmänner konnten mich schließlich befreien. Sie mussten sich mit einer hohen Leiter und mit einer Motorsäge den Weg zu mir frei kämpfen, wie lebensmüde Kolonialisten, die sich auf Befehl eines weit entfernten Regenten ihren Pfad durch dichtestes Gestrüpp bahnten, in einem wilden, ungezeichneten

Land. Und dieser sagenhafte Pfad führte zum verborgenen Schatz, zu mir, zu meiner Rettung. Ich kann mich noch an das Gefühl erinnern, der Einzige zu sein, der jemals soweit auf diesen Baum geklettert war. Später, nachdem ihn die Feuerwehr und die Polizei vor allen Nachbarn getadelt hatten, schrie mich mein Vater sehr sorgfältig an. Das dauerte eine ganze Woche. Er fragte sich in aller Öffentlichkeit, wie er solch einen Spross in die Welt hatte setzen können. Das Weinen und Jammern meiner Mutter war dagegen kaum zu vernehmen und verschwamm zu einem Hintergrundrauschen. Es traf mich umso schlimmer ins Herz. Und trotzdem war ich so stolz.

Dies ist einer der Träume, und ich weiß beim besten Willen nicht, warum ich mich mit solchen Bildern vom Spielen abhalte. Aber ich bin ein fürstlich entlohnter Kriegsveteran, und sie haben mir gesagt, dass ich mich meinen Träumen zu stellen habe.

Die Außerirdischen sind ganz nah, eine Gruppe von ihnen spielt einen Tisch weiter. Vor einigen Jahren hätte man mich gelobt, wenn ich sie ausgeschaltet hätte, nun wäre es ein Verbrechen am Pakt und an den gemeinsamen Interessen. Was wohl mein alter Herr dazu gesagt hätte?

Ich schaue sie an, und sie bemerken meine Blicke. Der Traum mit dem Baum wirkt so real wie diese Wesen. Aber ich weiß, dass es kein Traum ist. Es gibt Beweise. Den Baum gab es wirklich in meiner Heimatstadt. Aber es gibt ihn nicht mehr, er ist einer Wohnanlage gewichen, die dann auseinandergefallen ist und zwischenzeitlich durch einen Parkplatz ersetzt wurde. Auch dieser ist inzwischen verkümmert, Furchen des alten Wurzelwerks ziehen sich durch den Asphalt, als hätte der Baum auch diesem Vorhaben gezürnt und mit unmöglicher letzter Kraft der verbliebenen Wurzeln aus Rache alles aufgestemmt. Während ich im klimpernden Casino am Roulette-Automaten sitze, wird mir klar, dass dieses Gefühl des Stolzes meinem Leben inzwischen so fremd ist, wie mir diese Wesen fremd sind. Das Gefühl, etwas Bedeutendes gemacht zu haben, ist so ausdrücklich verbannt aus meiner Realität, dass es meilenweit entfernt zu sein scheint wie ein Stern. Es ist ein Trugbild, diese erhabene bedeutungsvolle Existenz, wie eine grandiose Torheit aus vergangenen Zeit, an die nur frühere Narren glaubten. Das hat keinen Bezug mehr zu meiner Realität.

Aber nicht verzagen, denke ich mir. Mag selbst draußen die Welt untergehen, und soll sie auch, wenn ich es hiermit heraufbeschwören kann. Hier drinnen bin ich wie im warmen Schoß, im besten Sarg, in meinem ewigen Trost aus Glücksspiel und Alkohol. Ein wohliges Nest. Dafür bin ich möglicherweise doch der Geschäftsleitung dankbar. Aber es ist ein Spiel auf Zeit. Ich mache mir nichts vor. Es geht ja doch zu Ende. Ich bin hier sicher, bis sie die Klimaanlagen ausstellen. Bis ich meine ganzen Credits doch aufgebraucht habe. Bis die Fischwesen ihre mitgeschmuggelten Waffen ziehen, weil auch sie die Schnauze gestrichen voll haben. Bis die Geschäftsführung uns doch evakuiert, weil die Kosten, dieses unwahrscheinliche Lebenshabitat am Laufen zu halten, schließlich die Einnahmen übersteigen.

Ich bin am Ende. Schwarz, rot, gerade, ungerade, es ist alles egal. Wir haben als Spezies verloren. Auf einer der Überwachungskameras würde man zu der Zeitmarke, in der mir diese Erkenntnis kommt, wieder vergeblich eine Regung in meinem Gesicht suchen. Wozu auch. Schwarz. Rot. Ich weiß, ich bin nur noch ein bis zwei Drinks entfernt von einer Glückssträhne. Jede Faser in meinem Körper gibt mir dieses Signal. Das japanische Glockenspiel beginnt einen samtweichen Zen-Moment in meinem Geist zu erzeugen. Eine Vibration, die nicht enden will, selbst wenn ein großer Körper sie mit der Wucht aus zehntausenden Stundenkilometern zertrümmert.

Lieber Untergang, ich will dir mit einem Drink auf Augenhöhe begegnen.

Ich gebe der Kellnerin ein Zeichen, aber sie steht schon vor mir.

DIE LANGEN JAHRE

von Yvonne Kraus

I

Bedächtig, jeden Schritt bewusst mit nackten Füßen ertastend, ging sie die Reihen der Bücher entlang und sog den Duft des Papiers durch die Nase ein. Ihre Füße fanden den Weg von allein. Sie schloss die Augen und konzentrierte sich auf den Geruch verstaubter Blätter – ein Echo der Vorfreude, die sie früher empfunden hatte, auf all das Wissen, das damals in den Büchern verborgen gelegen hatte. Sie musste sich die Regale nicht ansehen, um zu wissen, dass sie nichts Neues finden würde. Es gab hier kein Buch, das sie nicht mindestens zwei Mal gelesen hatte. Die guten deutlich häufiger. Sie würde trotzdem eins aussuchen, schon allein, um es auf ihren Nachttisch zu legen und mit den Gedanken daran besser einzuschlafen.

Als sie die Bücherhalle verließ und sich auf den Rückweg zu ihrer Kabine machte, traf sie auf Simon. Sie spürte einen Stich Nostalgie: die Erinnerung an eine Zeit, als es möglich gewesen war, Menschen zu ignorieren. Aber das ging nicht. Nicht hier. Nicht heute.

»Tasha, so schön, dich zu sehen«, rief Simon mit übertrieben lauter Stimme, während er drei Mal auf seine Brust klopfte.

Sie fragte sich, wie er das immer noch so glaubhaft zustande brachte. Als ob sie einander nicht genug gesehen hätten. Sie waren mal ein Paar gewesen, vor hundert Jahren. Es hatte nicht gut geendet, und Tasha wäre es lieber gewesen, wenn sie nie wieder miteinander gesprochen hätten. Aber sich aus dem Weg zu gehen, war keine Option. Sie zog ihre Mundwinkel zu einer Art Lächeln hoch, klopfte auf ihre Brust und wartete darauf, dass Simon ihr sagte, was er von ihr wollte. Er trug seinen GUTEN ANZUG. Entweder kam er gerade von einem Treffen oder war auf dem Weg zu einem. Sie hoffte, dass das zweite der Fall war. Simon warf einen Blick auf Tashas Füße. Nicht lange, aber lange genug, um sie wissen zu lassen, dass er bemerkt hatte, dass sie wieder barfuß unterwegs war. Tasha wusste, wie alle anderen über die Schuh-Sache dachten. Als ob ihre Gemeinschaft zerfallen würde, wenn sie die Dinge nur ein winziges bisschen schleifen ließen. Dabei machte es keinen Unterschied, was sie taten oder wie viele Regeln sie brachen. Sie waren aneinander gebunden, im Guten wie im Schlechten. Wenn die Gemeinschaft zerfallen könnte, hätte sie das schon vor einer langen Zeit getan.

»Aah, Dorian Gray«, sagte Simon und zog eine Augenbraue hoch. Er konnte unmöglich den Titel des Buchs gesehen haben, das Tasha mit sich trug. Aber sie lasen alle gerne, und mittlerweile konnten sie die Bücher der Bibliothek anhand ihrer Umschläge auseinanderhalten.

»Ich mag's halt«, antwortete Tasha und ärgerte sich, dass sich das wie eine Rechtfertigung anhörte.

»Ja, ich erinnere mich.« Simon runzelte die Stirn, dann zog er sich sein Lächeln wieder an. »Aber dieser Tag ist doch viel zu schön, um den alten Streit fortzusetzen, meinst du nicht?«

Tasha zuckte mit den Schultern. Ein Tag war wie der andere. Heiß, bedeckt und stürmisch draußen, perfekt regulierte Temperatur drinnen. Aber das musste sie Simon nicht sagen.

»Wir haben dich schon eine ganze Weile nicht gesehen«, fuhr er fort. »Warum kommst du nicht mal auf ein Spiel vorbei?«

Weil sie die Spiele hasste, deswegen. Die Fragen, die Vorwürfe, das Eindringen in die geheimsten Gedanken. Und die Freude, die alle empfanden, wenn die Mittperson endlich zerbrach. Es hieß, das Spielen sei wichtig, um geistig gesund zu bleiben. Aber sie fühlte sich danach immer tagelang krank, auch wenn sie selbst nicht die Mittperson war.

»Ja, demnächst vielleicht«, wich sie aus.

»Ach, was, demnächst«, sagte Simon. »Ich bin sowieso gerade auf dem Weg zu Kyle.«

Simon. Kyle. Und Elena wahrscheinlich auch. Die alte

Gruppe. Einfach behaupten, sie hätte andere Pläne, ging natürlich nicht. Also gab sie nach. Immerhin war Elena einmal ihre Freundin gewesen. Vielleicht würde es doch nicht so schlimm werden.

II

Zehn Minuten später stand sie in der Tür zu Kyles Kabine. Sie hatte sich etwas Zeit verschafft, indem sie darauf bestanden hatte, Schuhe und den GUTEN ANZUG anzuziehen, obwohl es ihr völlig egal war, was sie trug und die Kleider für sie sowieso alle wie graue Nachthemden aussahen. Aber sie hatte sogar ihre Haare gekämmt und zu einem Pferdeschwanz gebunden, um Zeit zu schinden, in der Hoffnung, dass sie schon eine Mittperson bestimmt hätten, wenn sie nur spät genug käme.

Sie hatte sich geirrt. Der einzige leere Stuhl war der in der Mitte des Raumes. Fünf Personen saßen hinter einem Tisch und blickten auf den freien Platz. Simon, Kyle, Elena und zwei Männer aus Block D. Einer von ihnen starrte auf seine Hände, der andere direkt in ihre Augen. Tasha hatte sich nie die Mühe gemacht, die Namen der Leute aus den anderen Flügeln zu lernen. Sie überlegte noch, wie sie es vermeiden konnte, die beiden direkt anzusprechen, als Simon ihr zur Hilfe sprang.

»Schön, dass du hier bist, Tasha. Wir haben dich in der Gruppe vermisst. Bernard und Franco kommen in letzter Zeit oft zum Spiel vorbei«, sagte er und gab ihr mit einem kaum merklichen Nicken zu verstehen, wer von beiden welcher war. Beide klopften sich auf die Brust, und sie wiederholte die Begrüßung. Bernard – derjenige, der auf seine Hände gestarrt hatte – stand sogar auf, um sich zu verbeugen. Jetzt, wo sie seinen Namen gehört hatte, erinnerte sie sich an ihn. Tatsächlich hatte sie sogar mit ihm zusammengearbeitet, ganz am Anfang, als sie die Forschung noch ernst genommen hatten. Er war Reproduktionsbiologe, genau wie Simon und sie selbst. Sie hatten die Arbeit gestoppt, als klar wurde, dass sie sich die Fortpflanzung nicht würden leisten können. Die Ressourcen, die ihnen zur Verfügung standen, waren auf die Menschen beschränkt, die schon da waren. Ein in sich geschlossenes System, das perfekt auf ihre Bevölkerung zugeschnitten war und auf kein einziges Lebewesen mehr. Seitdem hatte sie nicht mehr mit Bernard gesprochen. Er hatte sie gelangweilt, wie die meisten von ihnen.

Franco war derjenige, der sie am meisten interessierte. Wenn er Franco Tomasi war – und Tasha glaubte nicht, dass sie jemals von einem anderen Franco im PROJEKT gehört hatte – war es fast ein Wunder, dass er hier war. Niemand bekam Tomasi je zu Gesicht. Und doch wusste jeder, wer er war. Schließlich verdankten sie ihm ihre Existenz. Die Meinungen über ihn gingen auseinander. Tasha war sich sicher, dass Tomasi nicht gewusst hatte, was seine Entdeckung auslösen würde, obwohl im Nachhinein natürlich alles logisch und vorhersehbar gewesen war. Trotzdem konnte sie sich in ihn hineinversetzen. Sie war selbst Wissenschaftlerin und kannte die Anziehungskraft, die eine Entdeckung ausüben konnte, unabhängig von ihren möglichen Konsequenzen. Und Tomasi hatte den Schlüssel zum größten Traum der Menschheit gefunden. Wer könnte von sich behaupten, dass er den Weg zur Unsterblichkeit nicht eingeschlagen hätte, wenn er ihn vor sich gesehen hätte?

Tomasi war mit seinem Traum nicht allein gewesen. Ihm war die Unterstützung von Regierungen, Unternehmen, des Nobelpreiskomitees und begeisterten Forschenden sicher gewesen. Unsterblichkeit war das Zauberwort, das ihm alle Türen öffnete. Wenn man erst einmal verstanden hatte, wie es funktionierte, war es gar nicht so schwierig; Süßwasserpolypen konnten es schließlich auch. Allerdings führten die keine Kriege und brachten einander nicht gegenseitig um, um ewig zu leben. Nur der Mensch war zu dieser Art Ironie fähig

Es war nicht Tomasis Fehler, dass er das nicht bedacht hatte. Es war auch nicht seine Schuld, dass er die Nebenwirkungen seiner Zellveränderungen nicht vorhergesehen hatte. Aber es war so offensichtlich, dass es fast natürlich schien: Wer unsterblich war, brauchte sich nicht fortzupflanzen.

Viele Menschen nahmen ihm das übel, und Tasha selbst hatte eine ganze Weile getrauert, dass sie nie ein Kind haben würde. Aber sie kannte auch niemanden, der nicht nach dem heiligen Gral gegriffen und von ihm getrunken hätte, wenn er in Reichweite gewesen wäre. Schließlich waren sie ja alle hier. Freiwillig. Sie waren Teil des PROJEKTs.

Dennoch verstand sie, warum Tomasi ein zurückgezogenes Leben führte. Niemand verlangte von ihm, sich den Regeln der Gemeinschaft zu beugen. Es war so viel passiert, dass die meisten Menschen einfach froh waren, nicht an die Anfänge erinnert zu werden. Die Zeit, bevor sie eine Gemeinschaft wurden. Als klar wurde, dass ihre Unsterblichkeit nur unter streng regulierten Bedingungen erhalten blieb und sie nicht mehr in der Lage sein würden, in einer natürlichen Umgebung zu leben, riegelte das Gründungskomitee die gesamte Einrichtung ab. Niemand kam rein, niemand ging raus. Schließlich brauchte man alle, um den Laden am Laufen zu halten. Einzelne versuchten, die Absperrungen zu überwinden, als ihnen klar wurde, dass ihr Traum vom ewigen Leben auf das abgeschottete Gelände und ihre kleine Gemeinschaft beschränkt sein würde. Viele hatten ihre Familien zurückgelassen, und es gab ein paar, die ihre liebsten Menschen der Ewigkeit im Forschungslabor vorzogen.

Das hatten die Gründer vorhergesehen – und Vorkehrungen getroffen. Es brauchte fünf Leute, um die Tore zu öffnen und jemanden hinauszulassen. Und niemand hatte je fünf Leute gefunden, die bereit waren, diese Verantwortung zu übernehmen.

Erst jetzt bemerkte Tasha, dass alle im Raum ihre Uniform trugen. Selbst Simon hatte sich umgezogen. Sie konnte noch die bestickten Kragen und den feinen Stoff der Ärmel erkennen. Dies war also doch kein Spiel. Es war eine Versammlung. Ihr wurde klar, dass sie Simon nicht zufällig getroffen hatte und dass es hier nicht um psychologische Spielchen ging. Zumindest nicht im üblichen Sinne.

Sie wollten sie hier haben.

Dafür konnte es nur einen Grund geben, und Tasha ärgerte sich, dass sie sich überhaupt die Mühe gemacht hatte, Schuhe anzuziehen, geschweige denn andere Kleidung.

Wenn sie etwas von ihr wollten, musste sie sich nicht mehr verstellen. Sie atmete tief ein.

»Ihr wollt es also noch mal probieren.«

Kyle lachte nervös, aber Simon antwortete sofort: »Ich habe euch doch gesagt, dass Tasha nicht mit ihrer Meinung hinterm Berg hält.«

Er sagte es, als wäre es etwas Positives, doch Tasha wusste, wie die anderen über Direktheit dachten. Sie ließ sich von Simons scheinbarer Freundlichkeit nicht beirren.

»Ich habe Recht, oder?«, fragte sie.

Einige Augenblicke lang herrschte Schweigen, bevor Bernard das Wort ergriff, den Blick immer noch auf seine Hände gerichtet. »Ja. Du hast recht. Wir wollten deine Meinung hören. Simon dachte, dass du ablehnen würdest, wenn wir dich direkt fragen.«

Auch damit hatte Simon Recht gehabt. Kein Wunder, nach all der Zeit, die sie einander schon kannten. Sie hasste es, dass sie auf Simons Trick hereingefallen war. Gleichzeitig war ein Teil von ihr neugierig. Sie hatte sich schon lange damit abgefunden, nie ein Kind zu bekommen. Sie konnte sich nicht vorstellen, dass die anderen noch das Bedürfnis hatten, Kinder aufzuziehen. Aber das konnte ihr egal sein. Ihr Interesse war vor allem wissenschaftlicher Natur.

»Wie wollt ihr es denn machen? Wir haben alles ausprobiert. Nichts hat funktioniert. Und niemand hat in den letzten« – sie überlegte – »achtzig oder neunzig Jahren ernsthafte Forschung betrieben. Zumindest nicht, dass ich wüsste.«

Bernard blieb stumm. Die Stille breitete sich im Raum aus, alle schwiegen. Elena nahm einen Schluck aus ihrem

Glas und stellte es zurück auf den Tisch. Das Geräusch hallte im Raum nach, bis Tomasi schließlich seine ersten Worte des Abends sprach.

»Es geht nicht um die Fortpflanzung an sich.« Seine Stimme war sanft und beherrschte doch den Raum. Niemand und nichts hätte es gewagt, ihn zu unterbrechen. Als sei sein Wort absolut.

»Was meinst du, Franco?« fragte Tasha, und einen Moment lang fühlte es sich seltsam an, ihn beim Vornamen zu nennen. Für die Gemeinschaft war er wie ein Gott. Ein Gott, der eine halbfertige und äußerst fehlerhafte Schöpfung abgeliefert und sich dann aus dem Staub gemacht hatte, aber doch ein Gott.

Er zuckte mit den Schultern. Und er brauchte auch nicht zu antworten. Sie waren zu sechst, drei von ihnen brachten Expertise in Reproduktionsbiologie mit. Die anderen drei kannten sich mit Gentechnologie so gut aus, dass sie sie in diese Situation hatten bringen können. Das konnte nur eines bedeuten.

»Es wird nicht funktionieren«, sagte Tasha. »Wir bräuchten immer noch funktionierende Eizellen, selbst wenn wir wüssten, wie man klont.«

Niemand antwortete.

»Also, ich habe keine«, sagte sie. »Und ich glaube nicht, dass irgendjemand sonst welche hat.«

Tasha blickte in die Runde. Tomasi betrachtete sie neugierig, als hätte er eine unbekannte Spezies entdeckt. Die anderen schauten betreten zur Seite. Die Stille im Raum war fast greifbar und schließlich nicht mehr zu ertragen.

»Doch, wir haben welche«, sagte Simon schließlich.

»Franco …, nun, er hatte eine Reserve. Er konnte 4.000 gefrorene Eizellen aufbewahren. Er hat es niemandem erzählt, weil er befürchtete, die Leute würden es ihm übelnehmen.«

Tasha schnaubte. »Ihm übelnehmen? Weil er einen Vorrat an menschlichen Eizellen hat, nachdem seine Erfindung die Menschheit zerstört hat? Warum sollte ihm das irgendwer übelnehmen?«

Simon warf einen nervösen Blick auf Tomasi. Vielleicht bereute er es, Tasha hierher gelockt zu haben, um seinen Helden zu beleidigen. Aber Tomasi war nicht leicht zu beleidigen.

»Ich konnte sie aus meinem alten Labor retten. Und daran habe ich in den letzten Jahrhunderten geforscht.«

Tasha atmete laut aus. »Hast du auch erforscht, wie du dieses Mal eine Katastrophe vermeiden kannst? Wir sitzen jetzt schon hier fest und können nicht noch mehr Menschen versorgen als jetzt. Unser Ökosystem ist genau auf die aktuelle Zahl eingestellt. 8.932 Menschen und nicht einer mehr. Das Klonen würde das Gleichgewicht kippen …« Sie unterbrach ihren eigenen Gedanken. »Du hast die ganze Zeit geforscht?«

Tomasi nickte und Simon grinste. »Ich habe dir doch gesagt, dass sie es selbst herausfinden wird.«

Auch die anderen lächelten. Alle außer Tomasi und Tasha.

»Es hat also funktioniert.«, stellte sie mehr für sich fest.

Tomasi nickte dennoch, und Bernard antwortete an seiner Stelle. »Zumindest könnte es funktionieren. Das Ressourcenproblem bleibt. Dazu wollten wir auch deine Meinung hören.«

»Oh, dazu könnt ihr meine Meinung haben!« Tasha sprang so schnell von ihrem Stuhl auf, dass er mit einem lauten Krachen umfiel. »Das ist eine ziemlich bescheuerte Idee. Unter all den bescheuerten Ideen, die dieser hier« – sie zeigte mit dem Daumen auf Tomasi – »hatte, schafft sie es locker in die Top 3. Und ihr unterstützt ihn? Ihr unterstützt wirklich den Mann, der unser aller Leben in ein endloses Warten auf Veränderungen verwandelt hat, die nie eintreten werden? Ihr lasst zu, dass er seine Forschung fortsetzt, nachdem er bereits so viel Schaden angerichtet hat? Das wird unser gesamtes Ökosystem gefährden. Die letzten verbliebenen Menschen. Wozu soll das gut sein?«

Elena stand auf und ging um den Tisch herum. Sie blieb neben Tashas Stuhl stehen. Vor langer Zeit waren sie einander sehr nahe gewesen. Bevor Tasha aufgegeben hatte und nur noch in den Tag hinein gelebt hatte. Bevor sie der Gesellschaft der anderen überdrüssig geworden war. Trotzdem war Elena das, was einer Freundin am nächsten kam, und als sie ihre Hand auf Tashas Schulter legte, beruhigte diese sich wieder.

»Du hast schon gesagt, wozu das gut wäre, Tasha. Wir sitzen fest. Wir leben ewig, haben aber keinen Antrieb. Der ganze Planet ist verseucht, und wir sind in diesem Gebäudekomplex eingesperrt. Die Aussicht, für immer hier zu leben, wird von Jahr zu Jahr schlimmer. Die Menschen hier haben sich in der Wissenschaft hervorgetan, sind die intelligentesten und innovativsten ihrer Zeit. Und doch drehen wir uns immer noch im Kreis. Wir erfinden nie etwas Neues. Vielleicht könnte ein neuer Mensch uns das geben.«

Elena schaute Tasha ruhig in die Augen. »Vielleicht ist ein neuer Mensch das Einzige, das uns retten kann.«

Tasha schüttelte Elenas Hand ab. »Vielleicht ist jeder andere als dieser« – in ihrer Wut fiel ihr kein passendes Wort ein, also deutete sie einfach wieder in Tomasis Richtung – »die bessere Wahl für die Menschheit. Das ist das Unsinnigste, das ich seit Jahrhunderten gehört habe. Und es gibt hier eine Menge Unsinn.«

Sie wartete nicht auf eine Antwort, sondern stürmte aus Kyles Kabine raus.

III

Sie ließ sich aufs Bett fallen und behielt aus Trotz die Schuhe an. Sie hasste es, dass sie sie in diese Sache hineingezogen hatten. Jetzt besetzten deren bescheuerte Ideen ihren eigenen Kopf, und sie bekam sie nicht mehr aus ihm heraus. Ja, sie saßen in der Falle, ja, sie waren gelangweilt. Aber hatte denn niemand seine Lektion gelernt, sich nicht an der Natur zu schaffen zu machen? Und was würde ein Klon überhaupt nützen? Ein Klon von Tomasi, da war sie sicher. Ein Mann wie er würde auf jeden Fall sich selbst als Erstes klonen. Na, toll. Zwei Tomasis waren genau zwei mehr, als sie brauchten. In fünfzehn, zwanzig Jahren, wenn Tomasi II alles von seinem Vater gelernt haben würde, würden sie nicht mehr aufzuhalten sein.

Tasha stand auf und ging durch ihre Kabine. Drei Schritte von ihrem Bett zur Wand und drei Schritte zurück. Ihre Gedanken rasten. Mussten sie Risiken eingehen, um voranzukommen? War dies wirklich die Chance, die sie sich irgendwann einmal erhofft hatten? Vielleicht konnten sie den Planeten wieder bewohnbar machen. Vielleicht konnten sie Menschen erschaffen, die in der Lage waren, außerhalb des Komplexes zu leben. Die sich auf natürliche Weise fortpflanzen würden. Und vielleicht wollte Tomasi nur seinen Fehler wiedergutmachen.

Trotzdem würde sie ihm niemals trauen. Und sie fragte sich, warum Simon und Elena nicht mit ihrer Reaktion gerechnet hatten. Immerhin kannte niemand sie so gut wie die beiden.

Und warum sollten sie überhaupt nach ihrer Meinung fragen? Ja, sie war eine gute Wissenschaftlerin gewesen. Eine hervorragende sogar. Aber die anderen brauchten ihr Fachwissen nicht. Sie war auch kein wichtiges Mitglied der Gemeinschaft. Niemand gab etwas auf ihre Meinung. Niemand gab irgendetwas auf sie. Punkt. Warum auch? Und warum jetzt? Sie hatten sie sogar nach ihrer Meinung zum Ressourcenproblem gefragt. Was hätte sie da beitragen können? Wie sollte ihr Wissen helfen, die Ressourcen zu erhöhen? Sie hatten genug für 8.932 Menschen, und sie konnten sich nicht einen mehr leisten.

Es sei denn ...

Es sei denn, sie wollten das Ressourcenproblem gar nicht lösen. Und suchten stattdessen nach einer Möglichkeit, das Bevölkerungsproblem zu lösen. Indem sie die Bevölkerung stabil hielten, auch mit einem weiteren Menschen. Dafür würden sie sechs Menschen brauchen. Fünf, um die Tore zu öffnen, und einen, um hindurchzugehen. Fünf, die bereit waren zu töten, einer, der bereit war zu sterben.

Sie erinnerte sich an Kyles nervöses Lachen, Tomasis Starren, Simons Eifer, Bernards Blick auf seine Hände. Elenas Hand auf ihrer Schulter.

Simon hatte Recht gehabt. Sie hatte es selbst herausgefunden.

IV

Sie schlief nur mit Schlaftabletten ein, aber das ging ihr häufiger so. Der einzige Unterschied zum tablettenlosen Schlaf war, dass sie kaum träumte, weil sie direkt in die Tiefschlafphase glitt und morgens wie gerädert wieder daraus erwachte. Sie hätte gerne geträumt, um das Erlebte einzuordnen, aber sie war zu erschöpft gewesen, um die ganze Nacht mit ihren Gedanken wachzuliegen.

Nachdem sie das Abendessen verpasst hatte, war sie nun sehr hungrig. Sie ging dennoch erst am Ende der Essensausgabe zum Frühstücksraum, um zu vermeiden, die anderen zu treffen. Sie wartete auf das dritte und letzte Klingeln, bevor sie sich auf den Weg machte, und ahnte bereits, dass das nicht helfen würde.

Wieder behielt sie mit ihren Vermutungen Recht. Kyle, Elena und Simon saßen an einem Tisch ganz in der Nähe der Essenstheke, sodass Tasha gar nicht anders konnte, als sie zu sehen. Sie grüßte sie mit einem Nicken, während sie mit ihrem Tablett an ihnen vorbeiging und sich dann einen Platz am anderen Ende des Raums suchte. Sie beobachtete, wie die drei miteinander sprachen. Wahrscheinlich überlegten sie, wer von ihnen es bei ihr versuchen sollte, und diesmal traf das Los Kyle. Schließlich hatte der bisher kaum mit ihr über das Thema gesprochen.

Schon stand Kyle vor ihr und setzte sich bereits, bevor sie ihm einen Platz anbieten konnte. Er sagte nichts. Sie versuchte, ihn zu ignorieren und stattdessen ihren Haferbrei zu essen, doch irgendwann begann er, mit den Fingern auf der Tischplatte zu trommeln. Nicht nervös, eher ungeduldig.

Sie legte ihren Löffel aus der Hand und atmete hörbar aus. Dann schaute sie Kyle an. Sie wartete, und als er immer noch nichts sagte, sprach sie ruhig: »Ich werde euch nicht abnehmen, es auszusprechen.«

Kyle reagierte gelassen. »Habe ich mir fast gedacht. Wie du willst. Wir werden das Ressourcenproblem nicht in den Griff bekommen. Wir glauben, dass das Klonen die Gemeinschaft voranbringen kann, können es aber nur tun, wenn sich jemand freiwillig entschließt, auf sein Leben zu verzichten.«

Tasha wartete. Als Kyle nicht fortfuhr, fragte sie gedehnt: »Und?«

Kyle seufzte genervt. »Und … wir finden, dass du das sein solltest. Dich interessiert die Gemeinschaft doch schon lange nicht mehr.«

Tasha wollte protestieren, aber Kyle hatte Recht. Ja, die Gemeinschaft interessierte sie schon lange nicht mehr. Dass Kyle sie fragte, bedeutete, dass die Gemeinschaft sich umgekehrt auch nicht für sie interessierte.

Aber ihr eigenes Leben, das interessierte sie schon.

»Ihr glaubt also, dass ein Mensch, den ihr noch nicht

kennt, mehr zur Gemeinschaft beisteuern kann, als ich es tue.«

Kyle schwieg.

»Ihr wählt einen komplett unsicheren Vorgang über das, was ihr sicher über mich wisst.«

Keine Frage. Und keine Antwort.

Kyle stand auf. »Sag einfach Bescheid, wie du dich entscheidest. Franco sagt, dass die Eizellen vielleicht noch fünf bis zehn Jahre halten. Wenn wir es machen wollen, müssen wir uns beeilen. Es ist ja nicht sicher, dass es beim ersten Mal klappt. Und vielleicht wollen wir noch mehr Menschen ersetzen, wenn es gut funktioniert.«

»Ersetzen«, wiederholte Tasha und sah Kyle dabei an.

Der zuckte mit den Schultern. »Du weißt ja, wo du uns findest.«

V

Wieder ging sie an den Regalen entlang und blickte auf die Buchrücken, doch sie nahm die Schrift darauf gar nicht wahr. Sie hasste es, dass sie sich um den Vorschlag der anderen ernsthaft Gedanken machte. Sie hatten keinerlei Macht über sie. Niemand konnte sie zwingen, »auf ihr Leben zu verzichten«, wie Kyle es ausgedrückt hatte. Das lag allein bei ihr.

Sie griff wahllos eins der Bücher aus dem Regal und machte sich dann auf den Rückweg. Es wunderte sie nicht, als sie an der Stelle, an der Simon gestern gestanden hatte, nun Elena sah.

»Was willst du?«, zischte Tasha sie schon von Weitem an. »Schämt ihr euch gar nicht, mir einen solchen Vorschlag zu unterbreiten?«

Elenas Lippen zitterten, und Tasha hoffte, dass sie sich einfach umdrehen und wieder weggehen würde. Sie wollte nicht wieder und wieder dieselben Gespräche führen.

Doch Elena riss sich sichtlich zusammen und sagte: »Doch, Tasha, um ganz ehrlich zu sein, ich schäme mich. Ich schäme mich sogar sehr. Aber wir sind beide Wissenschaftlerinnen, und du würdest an meiner Stelle sicher genauso handeln.«

Tasha schüttelte ungläubig den Kopf. »Wie kommst du denn auf diese Idee? Stehe ich etwa vor dir und verlange von dir, für die Gemeinschaft in den Tod zu gehen? Noch dazu ohne jede Not? Habe ich dich von mehr als 8.000 Menschen als diejenige ausgewählt, deren Leben am wenigsten wert ist? Wohl kaum.«

»Das kannst du so nicht sehen«, setzte Elena an.

Tasha unterbrach sie. »Doch. Das kann ich so sehen. Ich kann alles so sehen, wie ich will. Ihr habt mir nicht zu sagen, was ich wie sehen kann. Oder ob ich leben darf oder nicht. Das ist meine freie Entscheidung. Und die wird sich auch nicht ändern, wenn ihr mir jeden Tag an jeder Stelle auflauert und mich zu überreden versucht.«

Sie schob Elena zur Seite, obwohl sie bequem an ihr vorbeigekommen wäre, und ging eilig in Richtung ihrer Kabine. Sie beschleunigte ihren Schritt noch, als Elena ihr hinterherrief:

»Es würde auch nicht wehtun, dafür kann ich garantieren.«

VI

Es war dieser letzte Satz, der ihr nicht aus dem Kopf ging, obwohl er eigentlich keine Rolle spielen sollte.

Es würde nicht wehtun.

Sie hatte sich bisher gar nicht gefragt, ob sie Schmerzen beim Sterben empfinden würde oder nicht. Der Gedanke an ihren Tod war abstrakt gewesen, die Idee konnte sie sehr einfach verdrängen. Nun dachte sie plötzlich ans Sterben. Nicht mehr an den verrückten Tomasi, an Elena und Simon, deren Forschung sie nur noch im Weg stand, nicht an Kyle, der ohnehin davon auszugehen schien, dass sie zustimmen würde. Sie dachte an sich selbst, an ihr Leben und an ihren eigenen Tod. Und sie erinnerte sich daran, wie sie früher schon einmal, als sie die junge Frau gewesen war, deren Körper sie heute noch hatte, über den Tod nachgedacht hatte.

Damals, als die Krisen auf der Welt zunahmen, als es schien, dass die beste Zeit vorbei war, als Krankheiten, Hunger und Kriege normal wurden und zuerst ihr Vater, dann ihre Mutter und schließlich auch ihre geliebte kleine Schwester gestorben waren, hatte sie auch über ihren eigenen Tod nachgedacht. Sie hatte sich nicht gefürchtet. Sie war traurig gewesen wegen der verpassten Gelegenheiten, ihrer eigenen, aber vor allem der ihrer Familie. Sie hatte sich gefragt, ob sie Schmerzen haben würde. Und sie hatte den Tod als zum Leben gehörend akzeptiert. Sie hatte sich mit dem Gedanken getröstet, dass es ohne Tod kein wirkliches Leben geben könne.

Sie wunderte sich, wie einfach dieser Gedanke, der ihr damals so wichtig und wahr erschienen war, mit der Erreichung ihrer Unsterblichkeit aus ihrem Bewusstsein verschwinden konnte. Plötzlich gehörte der Tod nicht mehr zum Leben, plötzlich war auch Leben möglich, ohne dass der Tod es begrenzte und wertvoll machte. Und zum ersten Mal fragte sie sich, ob sie mit der Aussicht auf den Tod auch ihr Leben aufgegeben hatte.

An diesem Abend benötigte sie keine Schlaftablette. Sie war sich nicht sicher, wie sie entscheiden würde, aber sie ahnte es bereits. Morgen früh würde sie zu den anderen gehen und ihnen ihre Wahl mitteilen. Und die wäre final, egal wie sie ausfallen würde.

VII

Sie stand vor den anderen in Kyles Kabine. Sie fragte sich nur kurz, ob jetzt alle dort wohnten oder ob sie wie Tasha geahnt hatten, dass sie heute Morgen ihre Entscheidung verkünden würde.

Sie musste nichts sagen. Sie sahen es daran, dass sie ohne Schuhe gekommen war, ungekämmt, ohne auch nur im Geringsten Acht auf die Regeln zu geben.

Sie stand nur vor ihnen und nickte.

Sofort übernahm Bernard das Wort. »Wir sind dir so dankbar, dass du dieses Opfer auf dich nimmst. Du gibst uns als Gemeinschaft die Möglichkeit, uns weiterzuentwickeln. Dieser Schritt bedeutet so viel. Wir wissen zu schätzen, was du für uns tust. Es ist das größte Opfer, das je jemand für die Gemeinschaft erbracht hat. Wir werden …«

Tasha unterbrach ihn. »Alles gut«, sagte sie. »Ich mache das nicht für euch.«

Die anderen sahen sie verständnislos an. Nur Elenas Lippe zitterte wieder.

»Ich glaube einfach, dass erst der Tod das Leben wertvoll macht. Das haben wir vielleicht alle vergessen.«

Kyle antwortete schnell: »Ja, auf jeden Fall, da hast du natürlich Recht.«

An seinem Blick erkannte sie, was er wirklich dachte: Was immer du willst, Hauptsache, du bist dabei. Es machte ihr nichts aus. Sie hatte ihre Entscheidung getroffen.

Sie hatte nur noch ein paar Fragen. »Wer wird geklont?« Die anderen sahen einander an. »Er?«, fragte sie und zeigte auf Tomasi.

Der nickte. »Es ist schließlich …«, setzte er an, aber sie unterbrach ihn.

»Kein Problem. Wenn es klappt, wünsche ich mir nur, dass ihr mich an zweiter Stelle klont.«

Niemand antwortete.

Tasha seufzte. »Natürlich nur, wenn ihr jemanden findet, der auf seinen Platz in der Gemeinschaft verzichtet.«

Bernard nickte sofort. »Selbstverständlich. Wenn ein Platz frei wird, werden wir dich auf jeden Fall klonen.«

Sie zweifelte daran, dass das passieren würde. Aber wenigstens fühlte es sich so an, als könnte doch irgendwann eine Art Kind von ihr auf diesem Planeten leben.

»Okay«, sagte sie. »Wann soll der Spaß denn stattfinden?«

Elena stand auf und ging aus dem Zimmer. Sie hatte

noch nie mit Tashas Direktheit umgehen können.

Tomasi übernahm das Wort. »Am besten so bald wie möglich. Wir haben nicht mehr so viel Zeit zum Klonen. Wir müssten natürlich noch die Formalitäten erfüllen. Du musst unterschreiben, dass du freiwillig aus dem Leben scheidest, damit das dokumentiert ist. Den Fall gab es ja auch noch gar nicht. Wir haben die Unterlagen hier. Du kannst sie direkt unterschreiben oder sie natürlich auch in deine Kabine mitnehmen.«

Tasha warf einen Blick auf den Stapel Papiere auf dem kleinen Tisch und den Stift, der praktischerweise direkt daneben lag.

»Das alles?«, fragte sie.

Tomasi zuckte mit den Schultern und lächelte entschuldigend.

»Wird gemacht«, sagte Tasha, schnappte sich den Stapel und drehte sich zur Tür. Sie ignorierte die Enttäuschung in den Gesichtern der anderen. Sie hielt es einfach nicht in diesem Raum mit diesen verlogenen Menschen aus.

»Ja, also«, sagte Simon. »Wenn du unterschrieben hast, wäre es super, wenn du die Unterlagen bald zu uns zurückbringst. Wir würden heute nach dem Abendessen in alle Gebäudeteile gehen und deine Entscheidung vorstellen. Wir dachten, dass du vorher noch gemeinsam mit uns zu Abend isst. Eine Art Abschiedsessen. Heute Nacht könnten wir zum Tor gehen.«

Tasha sah ihn schweigend an. Alles war vorbereitet. Simon kannte sie wirklich gut. Er hatte gewusst, dass sie sich dazu durchringen würde. Sie zuckte mit den Schultern. »In Ordnung. Ich bringe den Kram zum Abendessen mit«, sagte sie, während sie den Stapel in die Höhe hielt. Dann ging sie aus der Kabine und machte sich auf den Rückweg.

VIII

Sie saß auf ihrem Bett und schaute auf das Buch, das auf ihrem Nachttisch lag. *Das Bildnis des Dorian Gray*. Sie hatte es sicher schon zehnmal gelesen. Sie hatte es noch nie als eine Allegorie auf ihr eigenes Dasein empfunden. Sie alle lebten ewig. Die hässlichen Seiten, die dieses Leben mit sich brachte, hatten sie tief in ihrer Wissenschaft, in ihrer Forschung vergraben, die ihr eigenes Bildnis war. Und diese Forschung wurde immer hässlicher, einfach, weil sie den Wunsch hatten, ewig zu leben und so viel Leben wie nur möglich für sich zu beanspruchen.

Tasha war froh, dass sie bald nicht mehr dazugehören würde. Sie war nicht so egoistisch wie die anderen. Sie war bereit, ihr Leben loszulassen, um einem neuen Leben Platz zu machen. Und vielleicht führte das sogar irgendwann dazu, dass aus ihr selbst neues Leben entstehen würde.

Sie nahm sich den Stapel Papier vor, den sie von Tomasi erhalten hatte. Eigentlich waren es nur sechs Blätter, diese aber in fünffacher Ausführung. Es war eine Erklärung über die Freiwilligkeit ihres Ablebens, außerdem darüber, was mit ihren Besitztümern passieren sollte – an die Gemeinschaft fallen, was sonst, und viel war es sowieso nicht. Sie musste erklären, dass sie im Falle eines Nichtgelingens der »Ausgliederung« – so stand es dort – keinen Anspruch auf Rückkehr und Pflege durch die Gemeinschaft hatte. Wie auch, es war ja gar kein Platz mehr für sie hier.

Sie unterschrieb alle Blätter und legte sie ans Fußende ihres Betts. Sie nahm das Buch zur Hand und las wahllos ein paar Passagen darin. Sie waren langweilig, wie alles in ihrem Leben.

Tasha entschloss sich, noch einmal ihre alte Route durch ihren Gebäudeteil abzulaufen, ihr eigener Abschied. Sie hatte so lange hier gelebt, dass sie sich kaum an etwas anderes erinnern konnte, und sie wollte alle Orte noch einmal besuchen.

Als sie aus der Tür trat, sah sie einen Schatten um die Ecke huschen. Sie wollte es erst auf sich beruhen lassen, doch sie hatte keine Lust, an ihrem letzten Tag Kompromisse zu machen.

»Elena?«, rief sie.

Es dauerte wenige Sekunden, bis diese mit hängendem Kopf um die Ecke trat.

»Beschattet ihr mich?«

Elena zuckte zunächst mit den Schultern, dann nickte sie.

»Warum?«, fragte Tasha.

»Falls du es dir anders überlegst«, sagte Elena. Dann setzte sie etwas leiser hinzu: »Wir haben ja die Papiere noch nicht.«

Tasha seufzte. »Keine Sorge. Ich habe schon alles unterschrieben. Ich wollte nur eine kurze Runde durchs Gebäude gehen, um mich von diesem Ort zu verabschieden. Willst du mitkommen?«

IX

»Ich finde mutig, was du machst«, sagte Elena, als sie unterwegs waren. Sie gingen Richtung Bücherhalle, durch die jetzt leere Cafeteria und an den Forschungslaboren vorbei, die seit Jahrzehnten leer standen. »Du tust der Wissenschaft einen großen Gefallen.«

»Hör bitte auf damit«, sage Tasha. »Ihr geht mir mit euren Lobliedern auf die Nerven. Ich tue das wie gesagt nicht, um der Wissenschaft einen Gefallen zu tun. Und ihr müsst auch nicht so tun, als ob ihr wahnsinnig dankbar wärt. Ihr wollt schließlich, dass ich sterbe. Ich kann euch also nicht so wichtig sein.«

Elena schwieg.

Tasha schlug einen versöhnlicheren Ton an. »Weißt du noch, wie wir damals zusammen geforscht haben? Da war noch alles möglich.«

Elena nickte und lächelte. »Ich vermisse das. Ich vermisse es, zu lernen und die Welt weiterzuentwickeln. Das ist der Grund, dass ich bei diesem neuen Projekt dabei bin. Ich finde es ethisch auch nicht so toll.«

Tasha lachte kurz auf. »Nicht so toll.«

Elena schwieg wieder.

»Habt ihr mal daran gedacht, mich zu fragen, ob ich vielleicht mitmachen möchte?«

Elena zuckte die Schultern. »Ach, weißt du«, sagte sie. »Du hast dich doch aus allem zurückgezogen. Vor hundert oder zweihundert Jahren, ja, da hätte ich dich sofort gefragt. Aber es ist doch klar, dass du auf all das hier keine Lust mehr hast. Sonst wärst du ja auch nicht einverstanden gewesen.«

Tasha schwieg einen Moment. Dann sagte sie: »Immerhin habe ich jetzt die Chance, neues Leben zu ermöglichen. Das ist doch eigentlich das, was jeder Mensch will.«

Elena nickte. »Ja, das tun wir alle zusammen.«

X

Als Elena sich von Tasha an deren Tür verabschiedete, wirkte sie fröhlich und zuversichtlich. Sie fragte nicht noch einmal nach den Papieren, obwohl Tasha damit gerechnet hatte.

Tasha nahm den Stapel von ihrem Bett, legte sich hin und blätterte ihn noch einmal durch. Sie hatte unterschrieben, dass sie damit einverstanden war, dass die anderen sie zu Forschungszwecken töteten. Sie erfüllte deren Traum, ohne selbst etwas davon zu haben.

Sie dachte an Simon, wie er sie damals verlassen hatte, weil sie von der Gemeinschaft genervt gewesen war. An die sinnlosen Regeln. Daran, dass sie nicht barfuß laufen sollte, obwohl das niemandem schadete und sie die Anlage niemals verließ. Sie dachte an Kyle, der eiskalt war und sie sterben sehen wollte. An Elena, der die Forschung wichtiger war als ihre ehemalige Freundin. Sie dachte an Tomasi und daran, wie die anderen ihm hinterherliefen, obwohl er sie in diese Lage versetzt hatte.

Sie selbst hatte niemandem etwas getan, hatte auch niemanden darum gebeten zu sterben. Sie seufzte. So war es mit der Wissenschaft und den Menschen. Die Gemeinschaft war wichtiger als das Individuum, die Erkenntnis wichtiger als Gefühle.

Es klingelte zum Abendessen. Sie nahm die Papiere auf, um sich auf den Weg zu machen. Bevor sie aus dem Zimmer ging, schaute sie in den Spiegel. Ihre Haare waren zerzaust, sie war blass, und man sah ihr an, dass sie wenig geschlafen hatte. Sie griff mit der freien Hand nach der Bürste, um sich zu kämmen, schließlich war das ihr besonderer Abend.

Sie zögerte.

So sah sie aus. Das war sie.

Wozu sollte sie sich ändern? Wozu etwas sein, das sie nicht war? Es klingelte zum zweiten Mal. Sie zog ihren Blick langsam aus dem Spiegel, ging zum Bett und setzte sich mit übergeschlagenen Beinen darauf. Den Stapel hielt sie immer noch in der Hand.

Sie legte ihn vor sich ab, nahm das oberste Blatt herunter und zerriss es langsam.

SPIN UM SPIN

von Josef Kraus

»Nein. Nein. Nein. Machen Sie alles rückgängig.«

Der teleportierte Reisende torkelte aus der noch zischenden Kammer und sprach diese alle Anwesenden überraschenden Worte. Normalerweise war das Aufwachen am neuen Ort eine stille Angelegenheit. Obwohl alles im Kopf und am Körper fertig zusammengesetzt war, alle Teilchen am richtigen Platz waren, brauchte der Geist einen weiteren Moment von etwa 30 Sekunden, um wieder zu sich zu finden. In dieser Zeit musste das Gehirn eine Leere überwinden, sich zusammenreißen und kurz wieder rebooten, was es schon wusste. Jahrzehnte von Wissen, Sprache und Erinnerungen über sich selbst wiederfinden. Erst nach diesem Moment konnte ein Teleportierter üblicherweise wieder sprechen.

Dass dieser Herr direkt nach der Zusammensetzung mit dem Sprechen loslegte, fand unter den Anwesenden sofortige Beachtung. Eine Aufmerksamkeit, die der Reisende weiter ausnutzte, denn er warf sich beinahe theatralisch zu Boden, als könnte mit diesem Akt der kindlichen Verzweiflung der Prozess rückgängig gemacht werden.

Eine automatisierte Stimme ertönte aus der Kammer: »Vielen Dank, dass Sie mit *Entangled* gereist sind.«

Körperlich sah der Kunde unversehrt aus. Er trug einen traditionellen Geschäftsanzug. Jede Falte und jeder Fusel waren mitgereist. An sich wirkte alles an ihm normal. Aber der erstaunliche Satz war gesprochen, lag in der Luft und wirkte in den verwunderten Gesichtern der Servicetechniker nach. *Entangled*, der Betreiber der Anlage, war schon sehr lange im Geschäft und hatte für jeden erdenklichen Fall einer Anomalie ein Protokoll. Die Mitarbeiter erhielten die für den Fall passenden Anweisungen über eine Direkteinblendung in ihre Augen-HUDs. Dennoch blieben sie für einen Moment Menschen, ignorierten das HUD und blickten zuerst auf Lona, die leitende Angestellte im Raum.

Lona hatte auf Vera Nova 2 die meiste Erfahrung. Aber die allwissende Lona war selbst perplex. Auf so etwas waren sie alle nicht vorbereitet, und dabei waren sie es gewöhnt, jeden Tag Vorgänge zu sehen, die noch vor wenigen Generationen von Physik und Menschenverstand für unmöglich erachtet worden waren.

Der Kunde, der nur Momente zuvor eine auf komplexe Weise präparierte Biomasse gewesen war, lag jetzt zu ihren

Füßen auf dem Boden und sprach zu ihnen: »Das hier bin ich nicht, löschen Sie mich bitte, und retten Sie das Original«, flehte er sie an.

Das war höchst ungewöhnlich, und Lona, die spürte, dass es nun an ihr hing, überlegte, ob das überhaupt möglich war. Die Teleportationstechnologie erzeugte am Zielort eine exakte Kopie, die vom Original am Reisestartpunkt nicht zu unterscheiden war. Aber vor dem Gesetz war nur ein Original möglich, und zur Definition eines Originals gehörte, dass es einzigartig blieb. Das No-Cloning-Theorem war zu einer No-Cloning-Vorschrift geworden. Die Gesetze gaben vor, dass der zusammengesetzte Reisende, am Zielort angekommen, als Original zu verstehen war. Da er nicht zweimal existieren durfte, wurde der ursprüngliche Teleportierte am Startpunkt der Reise als Kopie deklariert, die zu verdampfen war. Zweimal den gleichen Menschen existieren zu lassen, ohne eine Möglichkeit zu haben, das Original zu identifizieren, war eine Komplexität, die es zu vermeiden galt. Ein Affront gegen die Naturgesetze war genug.

Lona versuchte, den Kunden anzusprechen, aber er winkte ab, als er ihre berufliche Routine erkannte und ihr nicht zutraute, auf seine Forderung einzugehen. Er wiederholte seine Identitätsaussage, dann verließ ihn alle Kraft, und er kauerte sich hin.

Lona wurde klar, dass sie diesen Fall schnell zu melden hatte. Sie ließ wie aus dem Nichts ein augmentiertes HUD in der Luft erscheinen und betätigte den Notfallknopf.

»Dass ich das einmal erleben würde«, dachte sie.

In der Theorie war die Teleportation eine komplexe Angelegenheit, bei der mehr als nur eine Kleinigkeit schiefgehen konnte. In der Praxis ging schon seit Jahrzehnten nichts mehr schief. Doch da war er nun, dieser unklare Notfall, unbestritten, von allen Sensoren aufgenommen. Ein rotes Leuchten der Warnlampen in der Station unterstrich die Situation, wanderte stetig über die Wände und Gesichter hinweg und verkündete, dass eine noch so etablierte und sichere Technologie nie vor dem Chaos sicher war, das der Mensch anrichten konnte.

Lona beugte sich zu dem wimmernden Kunden. Sie wies einen der Techniker an, rasch medizinische Hilfe zu rufen. Dann versuchte sie aus den Daten schlau zu werden:

Kundenname: Frank Ablehart
Reisestartpunkt: Ringstation Hades
Reiseziel: Vera Nova 2
Gepäck: Negativ
Reisedistanz: 32 Lichtjahre
Reisedauer: 0.00 s

Die Logs ergaben keine Auffälligkeiten, man wurde daraus nicht schlau. Sie erfasste die Daten und schickte alles inklusive der Videoaufzeichnung des Vorfalls an die Zentrale. Sie nutze für die Datenübertragung die gleiche, vielfach bewährte Quantenverschränkungstechnologie, mit der Frank Ableharts Partikel ihre Reise angetreten waren.

Die Informationen des Vorfalls kamen in der Zentrale an. Der ranghöchste diensthabende Angestellte im Informationswesen hatte noch nie einen Notfall erlebt und kontaktierte sofort seinen Vorgesetzten.

»Mr. Silber, wir haben eine Anomalie auf Vera Nova 2.«

»Bitte ein paar Stichworte zum Fall«, forderte die kühle Stimme.

Der Angestellte nannte den Titel aus der Zusammenfassung von Lonas Bericht: »Transport-Identitätskrise. Theseus-Syndrom.«

»Wie viele betroffene Organismen?«, fragte Mr. Silber.

»Eine Solo-Reise.«

»Erzählen Sie mir bitte, um wen es sich handelt«, befahl die kühle Stimme.

»Der Kunde ist ein gewisser Frank Ablehart. Regulärer Geschäftskunde mit Standard-Teleportkarte. Bereits über 50 Mal bei uns transportiert. Er behauptet, nicht vollständig teleportiert zu sein. Er liegt aktuell auf einer Krankenstation in einem nahegelegenen Hospital. Das Personal wartet auf weitere Anweisungen«, entgegnete der Angestellte.

»Danke, die sollen nichts weiter machen. Ich übernehme das.«

Mr. Silber beendete die Übertragung und ließ sich alle Daten schicken. Ohne mehr als die vorliegenden Informationen zu kennen, rechnete er in Sekunden für den schlimmsten Fall im Kopf aus, was im Maximum zu zahlen wäre, wenn sein Arbeitgeber im Falle eines verlorenen Rechtsstreits eine Entschädigung an die Hinterbliebenen zu zahlen hätte. Es war nur ein Kunde. Kein VIP. Nicht weiter schlimm, beziehungsweise beinahe lächerlich wenig. Das Risiko sah also gut aus, wenn es überhaupt so etwas gab wie ein gutaussehendes Risiko. Aber erst mal wollte er verstehen, was genau passiert war. Lag tatsächlich ein systematischer Fehler im Teleportationsprozess vor, war es eine Misdeklaration, oder war es einfach ein psychologisch anfälliger Kunde, den sie mit all seinen Defekten teleportiert hatten?

An eine echte Teleportationsanomalie glaubte er nicht. Nicht, dass es das nie gegeben hätte. Die historischen Notfälle waren bizarr, mit Menschen, die nach der Teleportation mit drei Armen aus der Kabine stiegen oder denen der halbe Kopf fehlte. Auch psychische Defekte, im besten Fall eine Amnesie, waren ganz früher an der Tagesordnung.

In der Anfangszeit der Teleportation hatte aufgrund dieser Unfälle immer die Gefahr eines Verbotes mitgeschwungen. Doch mit den Jahren war die Technologie immer solider geworden, bis sie irgendwann den heutigen Grad an absoluter Fehlerfreiheit erreicht hatte. Sie machte dem Menschen die Erforschung und Eroberung der Milchstraße möglich. Für die wenigen Betreiberfirmen erzeugte sie unglaubliche Gewinne, die sich kein Individuum vorstellen konnte. Kein größeres stellares oder interstellares Unternehmen, keine Regierung, kein Militär und nicht mal Privatpersonen konnten es sich leisten, auf die Quantenteleportationsdienste zu verzichten. Menschen müssen nun mal ständig von A nach B. Das war auch nach Bezwingung des umliegenden Weltalls nicht anders geworden, sondern wurde durch die neuen Distanzen verschärft.

Und die Sprache der Reisenden änderte sich. »letzte Woche« wurde zu einem »heute« und das »gestern« zu einem »gerade eben«.

In der Anfangszeit waren die Kosten für die Teleportation immens gewesen. Die verschränkte Materie musste immer noch mit konventionellen Mitteln über Wochen, Monate, gar Jahre an die Zielorte gebracht werden. Der Durchbruch gelang erst, als man herausfand, wie man die bereits miteinander verschränkten Teilchen selbst über den Teleporter vorausschicken konnte, ohne die Verschränkung aufzubrechen. Das brachte die Kosten runter und demokratisierte die Teleportation. So war es der Menschheit möglich, den nächsten Schritt in ihrer Entwicklung anzugehen. Nur die Hotellerie war nicht erfreut.

Mr. Silber stöhnte innerlich, während er die verfügbaren Daten zu dem Fall studierte. Qua Aufgabenprofil seiner Position musste er der Sache nachgehen, aber Lust dazu verspürte er keine. Vielleicht war es aber eine hervorragende Karrierechance, dachte er. Wenn es wirklich ein Notfall wäre und er den Fall eindämmen könnte, würde sich das sehr positiv auf seine Akte auswirken. Augenblicklich verbesserte sich seine Stimmung. Er entschloss sich, den Fall nicht aus der Ferne zu bearbeiten, sondern persönlich vor Ort. Dann würde er vor seinen Vorgesetzten als Macher dastehen, dachte er. Während er in Richtung der Teleportationsabteilung ging, hoffte er, dass er zum Abendessen wieder daheim sein konnte.

Der teleportierte Patient, Frank Ablehart, wachte in einem weißen Zimmer auf. Das Hospital war wie die meisten Kliniken in diesem Weißer-als-weiß-Farbton getüncht. Er lag in seinem Bett und studierte im Patienten-HUD das

Auf und Ab seiner Vitalfunktionen. Alle KPIs standen auf grün, alles schien völlig ok. Aber nichts war völlig ok, rein gar nichts war ok, dachte er.

Dann zischte die Tür laut auf. Ein Arzt und ein Mann in dunkler Kleidung blieben im Türrahmen stehen. Der dunkle Mann war offensichtlich ein Besucher. Am Revers des Mannes leuchtete das Firmenabzeichen der Teleportationsfirma: »Entangled«.

»Ja, ich tippe auf das Theseus-Syndrom«, hörte Frank den Arzt sagen.

Dummerweise wurde das alte Problem der Antike mit der Teleportation noch weiter verschärft. Nach einer angetretenen Reise gab es kein Verfahren, um Original von teleportierter Kopie zu unterscheiden. Man musste sie deklarieren. Das war für viele schon eine philosophische Herausforderung. Dazu bestanden alle Menschen und alle Dinge aus den immergleichen Teilchen. Jedes Elektron, das zum Beispiel eine Person in Unzahl bevölkerte und ausmachte, glich jedem anderen Elektron im Universum. Es war also bereits im Kleinsten unmöglich, eine Einzigartigkeit zu definieren. Der Mensch war im Zeitalter seiner technischen Reproduzierbarkeit angekommen. Niemand war eine einzigartige Punktesammlung, und alles war kopierbar. Das aber war eine Erkenntnis, die dem Geist einiges abverlangte. Das musste erst begriffen werden, und das Begreifen musste erlernt werden. Zweifel und Unvermögen, dies zu bewerkstelligen, wurden als Theseus-Krankheit bezeichnet. Kranke, die unter dieser Krankheut litten, mussten akzeptieren lernen, dass ihre Individualität, auch ihre Persönlichkeit, kopierbar war. Wesentlich war, wie die

Anordnung dieser immer gleichen Elemente im Kleinen wirkte. Der ganze Zauber bestand in der Anordnung.

Mr. Silber bedankte sich beim Arzt und gab ihm mit einem Wink die Richtung vor. Der Mediziner verschwand. Dann ging Mr. Silber vorsichtig in langsamen Schritten auf das Krankenbett zu. Eine Aufnahmedrohne begleitete ihn.
»Guten Morgen. Mein Name ist Silber, wie das Edelmetall«, stellte er sich vor. »Ich bin hier, um ihren Fall zu untersuchen.«
Mr. Silber war ein humorlos wirkender, langgewachsener Mann von etwa 30 Jahren. Natürlich konnte man in diesem Zeitalter nicht mehr nach dem Äußeren gehen, um ein Alter genau einzuschätzen. Auch der Kunde, Mr. Frank Ablehart, der apathisch im Krankenbett lag, sah ähnlich alt aus. Alle älteren Menschen sahen wie etwa 30 aus, das Alter, das alle wünschten, ewig zu halten.
Mr. Silber präsentierte das digitale Abbild seines Dienstausweises. Frank studierte die Einträge in seinem HUD: Aktuar. Anwalt. Mediziner. Buchhalter. Prokurist. Und ein Hybrid. Mr. Silber war ein halber Android und dadurch ein echter Jack of all Trades. Seine Hauptfunktion aber war Aktuar, als solcher hatte er Risiken jeglicher Art für *Entangled* zu bewerten. Und Probleme zu lösen. Nicht umsonst galten Aktuare als sehr gut bezahlt. Für den Teil mit dem Lösen von Problemen war er mit sehr umfangreichen Rechten innerhalb seiner Firma ausgestattet. Genau der richtige Mann für diesen Fall.
»Mr. Ablehart, können Sie mir bitte genau berichten, was passiert ist?«, fragte Mr. Silber.

»Ihre Maschine funktioniert nicht richtig. Das ist passiert«, entgegnete Frank barsch.

»Woher meinen Sie das zu wissen?«, fragte Mr. Silber.

»Ich bin nicht richtig zusammengesetzt worden. So etwas merkt man. Alles fühlt sich falsch an. Diese Hand, dieses Bein, dieser ganze Körper. Aus ihrer Sicht bin ich vielleicht im Sinne der Dienstleistung vollständig teleportiert, aber irgendwas hat dabei nicht geklappt.«

Mr. Silber, der noch nie mit einem Theseus-Kranken gesprochen hatte, schwieg und verarbeitete Informationen. Dieses Schweigen war es, was Frank wütend machte.

Wild mit der Hand fuchtelnd zeigte er auf die in der Luft schwebenden grünen Vitalwerte. »Das alles hier ist eine Lüge. Sie spielen mir etwas vor, weil sie nicht zugeben dürfen, dass die Teleportation schiefgegangen ist. Aber ich kenne die Wahrheit. Ich bin hier als falsches Ich angekommen. Mein richtiges Ich ist noch zu Hause. Ich spüre das.«

Mr. Silber überlegte für einen Moment. »Gefühle sind das eine, Mr. Ablehart«, sagte er. »Daten das andere.«

Er blendete im HUD des Krankenbetts eine visuelle Repräsentation der 10 hoch 25 subatomaren Partikel ein, aus denen Frank Ablehart zusammengesetzt war. Es waren zwei Haufen, wie Sterne in Galaxien konnte er in Bereiche der Wolke eintauchen und weitere Details zum Vorschein bringen.

»Hier sehen Sie Ihre Partikel-Punktewolken. Es sind zwei, ein Vorher- und ein Nachher-Bild. Die Repräsentationen sind identisch. Aber natürlich müssen wir uns nicht auf die visuelle Konfirmation verlassen.« Dann blendete er Zahlenkolonnen ein, die den gesamten Bereich über dem

Krankenbett ausfüllten. »Die Formeln, die Sie hier sehen, errechnen die Checksummen für Ihre Partikel und Subpartikel. Auch diese Werte entsprechen sich.«

Er ließ den bunten Zirkus noch eine Weile in der Luft, dann beugte er sich vor und schaute dem Kunden in die Augen: »Mr. Ablehart! Sie können selbst sehen, Sie entsprechen sich zu 100%.«

Frank wischte genervt die Bilder und Zahlen vor seiner Nase weg. »Die Daten sind entweder falsch oder nicht vollständig. Ich spüre es, irgendetwas ist anders. Etwas stimmt nicht mit mir.«

Mr. Silber seufzte unhörbar. Jemand, der sich nicht von Daten überzeugen ließ, war ihm suspekt. Das ließ er sich nicht anmerken. Er war sich der immer gegenwärtigen Aufnahmedrohne bewusst, die ständig über ihnen schwebte und alles aufnahm. Der Patient hob wieder langsam seine Hand und nahm sich diesmal mehr Zeit, sie zu betrachten. Es war, als hätte ihn der Vortrag mit den identischen Punktewolken zumindest etwas unsicher gemacht. Aber er kam doch auf das gleiche Ergebnis wie zuvor.

»Das ist nicht meine Hand!«, wiederholte er.

Mr. Silber sah, wie Tränen in seinen Augen entstanden. »Das ist unmöglich, Mr. Ablehart. Sie haben die Auswertung selbst gesehen. Sie ist fälschungssicher. Sie sind Sie, ganz und gar Sie.«

Frank schüttelte entrüstet den Kopf. »Nein. Nennen Sie es ein Gefühl oder einen sechsten Sinn, aber ich bin von der Maschine falsch zusammengesetzt worden. Es ist wie ein geistiges Sodbrennen, das ich nicht ignorieren kann. Eine medizinische Gesamtuntersuchung meiner Gehirnwellen wird es aufzeigen«, sagte er.

Mr. Silber schüttelte den Kopf. »Keine uns bekannte medizinische Untersuchung wird einen Unterschied erkennen, wenn Ihre Partikel … «

»Nein«, unterbrach ihn Frank. »Vergessen Sie bitte die Auswertungen«, flehte er. Dann flüsterte er, als wären sie nicht alleine im Raum. »Ich flehe Sie an. Deklarieren Sie mich um. Ich bin die Kopie, nicht das Original. So loyal muss ich mir selbst gegenüber sein, dass ich mir das eingestehe. Bitte zerstören Sie mich, und lassen Sie mein Original am Leben.«

»Ich fürchte, das ist gesetzlich unmöglich«, entgegnete Mr. Silber. »Sie wissen, dass wir regulatorisch dazu verpflichtet sind, Ihre Ursprungskopie zu vernichten.«

»Das weiß ich, und ich weiß, dass Sie die Kopie 24 Stunden lang vor der Vernichtung in Stasis aufbewahren müssen, falls ein Kundeneinspruch eingelegt wird. Den gebe ich Ihnen hiermit formal bekannt.«

Frank wendete sich demonstrativ von Mr. Silber ab und richtete seine nächsten Worte an die Aufnahmedrohne: »Ich bin die Ursprungskopie. Und der andere Frank Ablehart auf Hades, der, der in knapp 24 Stunden verdampft, das bin ich.« Dann sprach er wieder zu Mr. Silber. »Ich will Ihre Firma nicht verklagen. Ich will nur überleben.«

Mr. Silber, das kam selten vor, ärgerte sich über sich selbst, als er zum Teleporter ging. Aus der Ferne hätte er diesen Fall einfach auf der Grundlage der vorliegenden Daten abschließen können. Ein Interview wäre nicht nötig gewesen. Nun schien sich alles durch den Einspruch zu verkomplizieren. Er hatte sich aber dafür entschieden, persönlich alle Fakten zu analysieren. Sein Fehler. Oder vielmehr der Fehler seiner menschlichen Hälfte, sagte er sich. Diese verdammten Emotionen, diese unheilvolle Art, mit Gefühlen und dem Gedanken an eine Kontrolle durch die Welt zu wandeln und zu hoffen, dass man einen Unterschied ausmachen konnte. Als könnte man jede Wahrheit durch bloße Anstrengung herausfinden.

Dabei waren es immer die Daten. Mit mehr musste man sich im Leben nicht abfinden.

Nun gut. Jetzt musste er nach Hades, um den zweiten Teil eines Interviews zu führen, von dem er dachte, es würde ihn beruflich weiterbringen. Das war inzwischen gar nicht mehr klar. Er ermahnte sich, analytischer zu werden. Gleichzeitig meldete sich seine menschliche Hälfte wieder zu Wort. Sein Interesse war geweckt. Er wollte diesem seltsamen Fall auf die Spur kommen. Was wohl die Sicht der Ursprungskopie auf diesen Fall war, fragte er sich. Er schaute auf seine Uhr. Das Abendessen mit der Familie war noch möglich, wenn er diesen Besuch kurzhalten konnte.

Die Station auf Hades lag in der tiefen Nacht des außerhalb der Handelsrouten liegenden Systems, das der schwache Zwergstern kaum auszuleuchten vermochte. Mr. Silber begrüßte die Diensthabenden mit dem Zeigen seines Ausweises und ließ sich zur Stasis-Kabine führen, wo die Ursprungskopie gerade wieder aufgetaut wurde. Als er nähertrat, sah er, dass die Augen der Kopie schon geöffnet waren, während das Kondenswasser auf dem Gesicht im künstlichen Licht glänzte und durch die nun eingeschaltete Ventilation schnell trocknete. Es war Jahre her, dass ein Mensch oder Halbmensch wie Mr. Silber überhaupt mit einer Ursprungskopie gesprochen hatte. Die Gesellschaft hatte ihr Schicksal beschlossen, und sie waren Verdammte, zur Vernichtung ausgerufen.

»Können Sie mich hören?«, fragte er das Wesen.

»Ja«, antwortete der Aufgetaute. »Bin ich schon auf Vera Nova 2?«

»Sie selbst leider nicht, aber Ihr Original«, sagte Mr. Silber. Er erklärte in kurzen Worten, was vorgefallen war. Die Ursprungskopie schaute ihn erschüttert an. In Anbetracht der Nachricht blieb sie dennoch relativ gefasst, wie Mr. Silber fand.

»Ich bin also dort und behaupte, nicht ich zu sein?«, fragte das Wesen.

»Korrekt«, sagte Silber.

»Aber wie kann das sein? Haben Sie molekularmedizinisch gecheckt, ob mein reisendes Ich der ist, der ich sein sollte?«

Mr. Silber nickte: »Wir haben jede denkbare Analyse durchgeführt, auch die zeitaufwendigen Quantenanalysen. Sie sind vollständig teleportiert.« Silber dachte, wie absurd es war, nach dem Original nun auch der Kopie den Nachweis der vollbrachten Dienstleistung zu erbringen. Praktisch dasselbe Gespräch mit ihr zu führen.

Er brachte sich das Aussehen des Mr. Ablehart auf Vera Nova 2 ins Gedächtnis, das er als Hybrid auch digital in seinem Gehirn vorliegen hatte. Er verglich Pore für Pore. Es war klar, dass die Technik funktionierte, und man musste ihn am allerwenigsten über die Quantenanalysen und Punktewolken belehren, die er selbst als Argument aufführte. Aber wie erstaunlich war es trotzdem, mit eigenen Augen das Werk der Teleportation zu sehen und zweimal mit derselben Person an verschiedenen Orten zu sprechen. Beinahe war es ein Verbrechen, was sie machten, denn sie ermordeten einen gesunden Menschen, der sogar ihr eigener Geschäftskunde war. Darüber durfte man nicht allzu lange nachdenken, ermahnte er sich.

Die Ursprungskopie überlegte. »Gibt es eine entfernte Möglichkeit, dass dennoch etwas schiefgegangen ist? Die quantenphysikalische Verklonung von subatomaren Teilchen ist ja nicht vollständig machbar. Was, wenn diese Teilchen leicht anders zusammengesetzt worden sind?«

Mr. Silber wollte eine Diskussion über die Technologie vermeiden. Das würde keine neuen Erkenntnisse bringen, dachte er. »Diese Einwände sind Dekaden alt. Natürlich schafft man es nicht, ein Quantum in allen Parametern exakt zu kopieren. Man kann nicht gleichzeitig alle Dinge messen, die ein Teilchen ausmachen. Das ist schon viele Jahrhunderte bekannt und auch nicht veränderbar. Ein paar Eigenschaften der Fermionen müssen wir daher in etwa schätzen und samplen, den Spin zum Beispiel. Der exakte Spin ist aber nicht wichtig, um ein Teilchen zu samplen und woanders zu rekonstruieren. Wir reden hier von Größenbereichen weit unterhalb der Erfassungsgrenze für die Teilchenforschung. Die Schätzung reicht mehr als nur aus. Nehmen Sie einen Sturm, der einen Baum umkippt, der dann genau auf Ihr Haus fällt. Wenn sie den Vorgang eine Billiarde Mal simulieren, fällt der Baum im Durchschnitt exakt immer so, wie er tatsächlich auf Ihr Haus gefallen ist. Finden Sie in den vielen Vorgängen eine Ausnahme, in der der Baum neben das Haus gefallen ist, so handelt es sich nicht um einen realen Vorgang, sondern um eine Anomalie innerhalb der Serie, einen Ausreißer in den Daten. Denn Sie wissen ja, dass der Baum auf ihr Haus fällt, also macht der Ausreißer keinen Sinn. Daher bildet der Quantensampler mit seiner statistischen Schätzung immer die Realität ab. Mikroskopisch und makroskopisch ist auch alles genau so, wie es sein sollte.«

Mr. Silber machte eine Pause. Das Wesen schwieg und schien ihm nicht richtig zuzuhören. Es berührte das eigene Gesicht, berührte seine Arme, so als würde es sich zum ersten Mal in einem fremden Körper kennenlernen.

Mr. Silber schnippte mit den Fingern vor dem Gesicht der Kopie. »Bitte versuchen Sie, mir zu folgen. In Ihrem Fall liegt wohl eine Art Reisekrankheit vor, die sich nach der Teleportation in Selbstzweifeln äußert. Es gibt historische Vorgänge ähnlicher Natur. Wir haben so etwas schon lange nicht mehr erlebt«, sagte Mr. Silber und deutete mit seiner offenen Handfläche auf die Ursprungskopie.

»Nun ja, bis gerade eben. Den letzten ähnlichen Fall hatten wir vor über dreißig Jahren. Unser Unternehmen transportiert an einem Standardtag mehrere Millionen Kunden durch die Milchstraße. Glücklicherweise leiden die allermeisten Reisenden, also im Prinzip alle bis auf Sie, nicht an der Reisekrankheit.«

Die Ursprungskopie, die nun zuhörte, schien sich mit dieser Erklärung arrangieren zu können. »Ich bin also ich. Das ist ja schon mal gut zu wissen. Das ist doch das Wichtigste. Jetzt müssen wir nur noch … «

Da war es also, das Eingeständnis, dass die Kopie das neue Original anerkannte. Mehr musste Mr. Silber für die Akte nicht hören. Auch die Aufzeichnungsdrohne, die ihn überall hin mitbegleitete, hatte alles aufgenommen. Er drückte den Abbruchschalter, der wie ein Detonator die ganze Zeit in seiner Hand gelegen hatte. Augenblicklich war das Gespräch abgebrochen und die Stasis eingeschaltet, aber sie wirkte nicht sofort, einen kleinen Moment brauchte die Technik, um sich zu aktivieren. In diesem Bruchteil einer Sekunde schaute das Wesen sehr erstaunt auf Mr. Silber, als würden noch Einwände oder neue Einfälle existieren. Seine Augen waren weit aufgerissen. Vielleicht wollte er auch »Moment« sagen.

Die Prozedur war beendet, das Interview auch. Mr. Silber wartete, bis die Aufnahmedrohe die Kammer verließ, dann schaltete er seine Augen auf die kleinstmögliche Blende und aktivierte den Vernichtungsmechanismus. Augenblicklich wurde das Subjekt in der Kammer vaporisiert, indem alle Elektronen, aus denen es bestand, gleichzeitig zum Quantenrücksprung angeregt wurden. Die so veränderten Elektronen setzten ihre Energie in Form von Licht frei. Was übrig blieb, wurde ebenfalls in der Kettenreaktion zum Sprung gebracht und führte zu weiteren Lichtexplosionen. Die Prozedur ging so schnell, dass noch nicht mal die Nerven des Subjekts, die noch nicht komplett in Stasis waren, ein Schmerzsignal an das bereits inaktive Gehirn senden konnten. Die unzähligen Lichtwellen waren für Mr. Silber als externen Beobachter, der wenige Meter vom Schauspiel entfernt stand, nur als ein einziger kurzer Blitz wahrnehmbar. So abrupt vorzugehen, war in dieser Situation das einzig Humane, dachte Mr. Silber. Es vorher anzukündigen, das wäre unmenschlich!

Als der Spuk vorbei war, schaltete er seine Augen wieder auf normale Empfindlichkeit. Die Kammer war leer, und der Bruchteil eines Gammablitzes, der aus der organischen Masse von Mr. Ablehart entstanden war, war in die Lebenserhaltungssysteme der Station eingespeist worden. Es war eine Sünde, Energie verpuffen zu lassen.

Mr. Silber schloss den Fall ab. Ein Algorithmus berechnete in Echtzeit die professionelle Güte seiner Arbeit. Er hatte aus Sicht des Bewertungssystems das bestmögliche Resultat erzielt, da neben der Abwehr des Einspruchs die Gefahr eines Reputationsschadens durch das Geständnis abgewendet war. Außerdem gab es nur noch eine Fassung von Mr. Ablehart in diesem Universum, so, wie es die Natur immer gewollt hatte. Die Bewertung wanderte direkt in seine Perma-Akte. Die ideale Ausgangslage für das Erreichen der nächsten Berufsstufe.

Zufrieden begab er sich zur Teleportationskabine, um sich für heute ein letztes Mal zu teleportieren. Das Abendessen würde er rechtzeitig schaffen. Bevor die Teleportation einsetzte, kam ihm noch ein Gedanke: Um wieviel herausfordernder und schwieriger es war, das Vaporisieren technisch sauber zu realisieren, als die bloße Teleportation über die verschränkte Biomasse. Aber beides musste ja Hand in Hand gehen. Und, an seinem Zielort angekommen, nahm er nach dem kognitiven Reboot den Faden wieder auf und verglich gedanklich die beiden Ableharts miteinander. Dabei kam er zu einem sonderbaren Fazit: Die Kopie schien ihm deutlich einsichtiger und sortierter, das Original im Krankenbett dagegen war ein pures Chaos. Hätte er einen von beiden frei auswählen können, wäre es die umgekehrte Entscheidung gewesen. Aber teleportiert war teleportiert.

Man konnte nur hoffen, dass der transportierte Mr. Ablehart wieder zu Verstand kam.

DAS KLEINERE LOS

von Yvonne Kraus

I

Karen zwang sich, weiter auf ihren Bildschirm zu schauen, während um sie herum die Hölle losbrach. 14 Uhr, offensichtlich. Ihr Telefon hatte vibriert, also wartete auch auf sie die eine Nachricht, von der die ganze Welt seit Wochen sprach. Sie zögerte, wollte ein paar Momente länger glauben, dass alles möglich war. In Wahrheit wusste sie längst, dass sie verloren hatte. Die Chancen standen 1 zu 1.000.000, mehr musste man nicht wissen. Also arbeitete sie weiter, auch wenn es ihr schwer fiel, die Rufe zu ignorieren, die über den Büroflur zu ihr herüber drangen.

»So ein Mist!«

»Leider dieses Mal nicht, die wollen mich wohl verarschen. Als ob es ein nächstes Mal geben wird.«

»Hat hier irgendwer gewonnen?«

»Das war doch sowieso alles Betrug!«

Karen tippte zwei Zahlen in ihre Tabelle. Sie würde sich nicht an dem Tumult beteiligen, und sie würde ihr Ergebnis nicht verraten. So war es vorgeschrieben, und sie sah ein, dass das sinnvoll war, um wenigstens ein bisschen sozialen Frieden zu bewahren. Dass niemand sich daran zu halten schien, wunderte sie dennoch nicht.

Mit Marc würde sie natürlich über ihr Ergebnis sprechen. Aber das war etwas anderes, als es durchs ganze Büro zu brüllen.

Karens Telefon vibrierte erneut. Sie überlegte einen Moment lang, ob sie auch diese Nachricht ignorieren sollte, doch schließlich konnte sie ihre Neugier nicht mehr im Zaum halten. Sie warf einen Blick auf ihr Telefon. Bevor sie sah, was Marc ihr geschrieben hatte, las sie »Herzlichen Glückwunsch« auf ihrem Bildschirm.

Reglos starrte sie auf das Telefon, dann öffnete sie die zweite Nachricht – Marcs Nachricht, nicht die der Regierung.

»Wie erwartet«, schrieb er. »Sei nicht traurig. Wir machen es uns trotzdem einfach schön. Vielleicht können wir noch mal ans Meer fahren.«

Marc hatte verloren. Und ging davon aus, dass das auch auf sie zutraf. Bevor sie ihm antwortete, öffnete sie die eine Nachricht, der alle entgegengefiebert hatten.

»Herzlichen Glückwunsch!«, stand da. »Sie haben einen der Plätze der staatlichen Lotterie gewonnen. Halten Sie sich für die Abreise am 4. Oktober bereit. Bitte bestätigen Sie Ihre Teilnahme, indem Sie mit JA auf diese Nachricht antworten. Bleibt Ihre Antwort nach zwei Erinnerungen aus, wird Ihr Platz erneut verlost. Alle weiteren Informationen erhalten Sie innerhalb des nächsten Monats.«

Sie hatte gewonnen.

Sie hatte tatsächlich gewonnen. Sie hätte gerne auf die Nachricht geantwortet und gefragt, ob hier ein Irrtum vorlag, aber sie hatte Angst, dass sie einen solchen dadurch nur aufdecken würde. Es war also doch kein großer Schwindel, kein Ablenkungsmanöver. Es gab tatsächlich Plätze, die verlost wurden. Und sie hatte einen davon gewonnen. Das im wahrsten Sinne des Wortes große Los gezogen.

Sie überlegte kurz, wie sie Marc die Nachricht überbringen konnte, die ja nur für sie eine gute war. Sie fand nicht die richtigen Worte. Sie würde es ihm heute Abend erzählen. In aller Ruhe. Er hatte nicht gefragt, sie musste nicht antworten. Heute war der 8. September. Sie hatten fast einen Monat gemeinsam, und den konnten sie genießen.

Um möglichst uneindeutig zu bleiben, schickte sie Marc einen traurigen Smiley zurück.

Seine Antwort kam Sekunden später. »Sei nicht traurig, Schatz. Das wird schon. Und es ist ja sowieso nicht zu 100 Prozent sicher.«

Genau. Das hörte sie immer wieder. Vielleicht waren die Berechnungen falsch, und alles konnte weitergehen wie bisher. Aber wann waren die Berechnungen je falsch gewesen?

Auf dem Flur war es ruhig geworden. Die meisten hatten sich nach der Enttäuschung einen frühen Feierabend gegönnt. Karen entschloss sich, es ihnen gleichzutun. Wirklich wichtig war das, was sie hier taten, ohnehin nicht mehr.

Als sie ihre Tasche zusammenpackte, stand Susannah vor ihr. Ihre Augen waren gerötet, die Haut noch blasser als sonst, ihre Arme hingen an ihrem hageren Körper herunter, als würden sie nicht dazugehören.

Karens Mitleid hielt sich in Grenzen. Sie war schon einmal auf Susannahs leidende Gestalt hereingefallen, hatte sie zu sich nach Hause eingeladen und ein paar Tage später mitbekommen, wie die Kollegin sich über ihre Wohnungseinrichtung lustig gemacht hatte. Alle Versuche, Susannah seitdem zu meiden, waren fehlgeschlagen. Immer wieder traf sie die Kollegin wie zufällig, obwohl beide nicht mal auf derselben Etage arbeiteten.

»Ich hab's schon gehört«, sagte Susannah, und Karen zuckte zusammen, bevor ihr klar wurde, dass sie nicht den Inhalt ihrer Nachricht kennen konnte. Das hieß dann wohl, dass sie mit Marc gesprochen hatte, was kaum weniger ärgerlich war.

»Man soll doch nicht darüber sprechen!«, fauchte Karen und sah sich um, ob jemand sie vom Flur aus hörte. Aber Susannah hatte einen guten Moment abgepasst. Sie waren allein.

»Ach was, das machen doch eh alle«, sagte sie gelassen. »Du glaubst doch nicht, dass irgendwer das Ergebnis für sich behält?«

Karen glaubte es nicht nur, sie wusste es sogar. Bisher hatte sie niemandem etwas gesagt. So wie es in der Anordnung stand, die seit Wochen in allen Fernsehsendern vorgelesen wurde. Ruhe bewahren, niemandem das eigene Ergebnis mitteilen, egal, wie es ausfiel, und am 4. Oktober morgens auf die Abholung warten. Damit es keine Unruhen gab.

Diese ständige Angst vor Unruhen hatte Karen nicht verstanden. Es gab sowieso welche. Menschen, die auf die Straße gingen, Regierungsgebäude angriffen, im Internet dazu aufriefen, Politiker*innen zu ermorden, und damit sogar teilweise Erfolg hatten. Trotzdem ging das normale Leben für die meisten Menschen weiter, als hätte der Rest der Welt nichts mit einem zu tun, solange man abends mit einer Tüte Chips und einem Glas Wein eine Serie anschauen konnte.

»Jetzt sei nicht so mürrisch«, erinnerte Susannah sie daran, dass es nie einfach war, sie wieder loszuwerden.

»Ich bin nicht mürrisch, nur in Eile«, murmelte Karen, während sie sich an Susannah vorbeidrängte, um zum Ausgang zu kommen.

»Klar, die letzten Abende genießen«, rief die Kollegin ihr hinterher. »Grüße an den Mann!«

Karen nickte, und es war ihr egal, ob Susannah das überhaupt sehen konnte. Nur nach Hause, nur hier raus. Warum Marc und Susannah sich angefreundet hatten, war ihr ein Rätsel.

II

Zu Hause wartete Marc. Er hatte Essen bestellt, thailändisch. Karen wunderte sich wieder, wie alles seinen normalen Gang weiterging. Sie ging kurz ins Bad, während Marc eine Flasche Wein aufschraubte. Und tatsächlich gab es etwas zu feiern, nur dass Marc nichts davon wusste.

Als sie zurückkam, hatte Marc ihr schon das Essen auf den Teller gepackt, mit Koriander, obwohl sie den hasste. Sie begann sofort damit, die grünen Blätter an den Tellerrand zu ziehen, und hinterließ dabei Schlieren der orangegelben Sauce auf dem Teller. Noch keinen Bissen gegessen, und schon sah es unappetitlich aus.

Marc ignorierte es. »Wir dürfen jetzt den Kopf nicht hängen lassen«, sagte er. »Wie sie immer sagen: Alles sollte so lange so normal weitergehen wie möglich, weil die Berechnung ja auch falsch sein kann. Wir müssen die Welt in Ordnung halten für danach.«

Karen nickte langsam. Danach. Das würde es nicht geben. Für Marc nicht. Und für sie auch nicht, zumindest nicht auf diesem Planeten. Alles würde neu sein. Und sie hatte keine Ahnung, wie sie ihm das beibringen sollte.

»Komm, stoß mit mir an, darauf, dass wir das Beste daraus machen werden«, fing Marc erneut an, und Karen hob mechanisch ihr Glas in seine Richtung.

Nachdem sie es wieder abgesetzt hatte, ohne davon zu trinken, wurde Marc still. Er aß, sie stocherte in ihrem Essen herum. Irgendwann stand sie auf und sagte: »Ich hab Kopfschmerzen, ich geh ins Bett.« Marc sagte nichts, sondern fing an, das Geschirr zusammenzuräumen, während sie ins Schlafzimmer ging und tatsächlich bald einschlief.

III

Sie kam aus der Dusche und hörte das Piepen ihres Telefons nebenan im Schlafzimmer. Sie hatte es vergessen. Vergessen, sich zurückzumelden, und vergessen, dass dies eine Nachricht nach sich ziehen würde.

Auf ihrem Display.

Sie trocknete sich rasch ab und wickelte das nasse Handtuch um ihren Körper, um möglichst schnell zu ihrem Handy zu kommen. Marc wusste, dass sie es hasste, wenn er die Nachrichten auf dem Display las, und er tat es trotzdem. Als sie ins Schlafzimmer kam, lag er mit ausdruckslosem Gesicht auf dem Bett und hielt ihr Telefon in der Hand.

»Wer war das?«, fragte sie so beiläufig wie möglich, aber die Tatsache, dass sie mit tropfenden Haaren vor ihm stand und das Handtuch mit angepressten Armen vom Rutschen abhielt, widersprach ihrem unverbindlichen Tonfall.

Marc warf das Handy auf ihre Seite des Betts. Er starrte sie einen Moment an. Dann setzte er sich auf und drehte ihr dabei den Rücken zu. »Du hast mich angelogen«, sagte er schließlich.

Karen schaute auf seinen nackten Rücken und versuchte, sich zu verteidigen. »Ich hab's nicht gesagt, das stimmt. Aber ich habe auch nicht gelogen.«

»Das ist doch dasselbe.« Marcs Stimme wurde lauter. Er stand auf und drehte sich zu ihr um. »Wir sind seit vier Jahren verheiratet, leben seit sechs zusammen, und das ist die mit Abstand wichtigste Nachricht, die du in der ganzen Zeit bekommen hast. Und du sagst mir einfach nichts!« Er schnappte sich sein T-Shirt, das er gestern Abend auf den Sessel neben dem Bett geworfen hatte.

»Ich hab' selbst ... «, fing Karen an. Er unterbrach sie.

»Ich, ich, ich! Hast du mal dran gedacht, wie das für mich ist?«

An nichts anderes hatte sie gedacht.

»Wie einen Idioten hast du mich gestern Abend da sitzen lassen. So getan, als wärst du auch erschüttert über die Nachricht. Dabei hast du in Gedanken wahrscheinlich schon deine Sachen gepackt.«

»Du weißt doch, dass wir niemandem unsere Ergebnisse erzählen sollten«, sagte Karen, obwohl das nicht der Grund gewesen war, aus dem sie geschwiegen hatte.

»Und du bist der einzige Mensch, der das auch macht«, gab Marc zurück. Im Vorbeigehen schnappte er sich ihr Telefon, verließ das Schlafzimmer und warf die Tür hinter sich zu.

Als sie das Schlafzimmer verließ, war Marc schon weg. Ihr Telefon lag auf dem Schuhschrank. Sie öffnete es und schaute sich zum ersten Mal die neue Nachricht der Regierung an. »Bitte bestätigen Sie Ihre Teilnahme am Programm, indem Sie mit JA auf diese Nachricht antworten. Sollten Sie im Laufe der Woche nicht antworten, wird Ihr Platz neu verlost.«

Darunter stand schon die Antwort: Ja.

IV

Es gab 100.000 Plätze. 90.000 waren an »besonders Geeignete« vergeben worden; Menschen, die sich in der Wissenschaft, Kunst oder Politik hervorgetan hatten. Und in der Wirtschaft. Vor allem da. Alle nahmen an, dass die meisten Plätze sowieso gekauft oder durch Verbindungen vergeben worden waren. Aus dem Grund hatte auch niemand so richtig daran geglaubt, dass wirklich Plätze verlost wurden.

Aber ihr Gewinn war der Beweis. 10.000 Plätze waren dafür reserviert gewesen, den Menschen den Glauben daran zurückzugeben, dass sie eine Chance hatten. Auf einen Trip runter von diesem Planeten oder auf irgendetwas anderes. Je mehr Karen darüber nachdachte, desto sicherer war sie, dass die Verlosung nur dazu diente, Ruhe unter den Zurückgelassenen zu bewahren. Wenn die Verlosung kein Fake war, gab es auch noch Hoffnung.

Sie kam zu spät zur Arbeit und wollte sich schnell auf ihren Platz drücken. Eigentlich war es sowieso egal, aber die Unternehmen hatten mit der Regierung Verträge abgeschlossen, dass alles so lange wie möglich normal bleiben sollte. Was immer normal war. Und so achtete ihre Chefin immer noch darauf, dass sie pünktlich an ihrem Platz saß und Rechnungen verschickte, die sogar meistens bezahlt wurden.

Sie hatte kaum ihren Rechner angemacht, als Susannah an ihrem Schreibtisch stand.

»Hey, ich mache gerade kurz Pause«, sagte sie. »Und da musste ich natürlich bei dir vorbeischauen. Krasse Neuigkeiten! Und wie cool du damit gestern geblieben bist.«

Sie schaute Karen an, aber die wusste nicht, was sie darauf sagen sollte. Dass Marc in seinem Ärger ausgerechnet

Susannah angerufen hatte, machte sie auf der einen Seite wütend und auf der anderen müde. Vielleicht war es gar nicht so schlecht, von hier wegzukommen.

Als Karen nicht von sich aus das Gespräch übernahm, fragte Susannah: »Und, was willst du jetzt machen?«

Was sie Marc nicht hatte sagen können, ließ Karen nun an Susannah aus. »Was soll das heißen: Was willst du machen? Was würdest du denn machen, wenn du gewonnen hättest?«

Susannah schaute sie an und zuckte mit den Schultern. »Ich bin ja nicht verheiratet.«

Karen setzte zu einer Antwort an, doch Susannah unterbrach sie. »Klar, am Ende müssen wir alle eine Entscheidung für uns selbst treffen. Aber ich mein ja nur, du hast mit Marc einen echt guten Mann, und ich glaube, er hätte auf seinen Platz verzichtet, wenn es anders herum gewesen wäre.«

Karen bezweifelte das. Sie hatten vorher darüber gesprochen, und Marc hatte mehrfach betont, wie wichtig es wäre, dass sie beide jede Chance ergreifen sollten, auch wenn nicht beide die Möglichkeit bekämen, von hier fortzukommen. Seine Reaktion am Morgen hatte gezeigt, dass er damit nicht sie gemeint hatte.

Sie hatte keine Lust, ihre Entscheidungen mit Susannah zu besprechen, wandte sich ihrem Computer zu und begann, Dateien zu öffnen, die sie für die Arbeit brauchte. Susannah stand noch immer vor ihrem Tisch. Karen schaute sie an und zog fragend die Augenbrauen hoch, bis Susannah schließlich mit den Schultern zuckte.

»Es ist ja noch Zeit«, sagte sie, als sie endlich ging.

V

Sie hatte sich genau überlegt, was sie Marc abends sagen wollte. Was sie davon hielt, dass er Susannah über ihr Ergebnis informiert hatte. Dass er sich gefälligst auch für sie freuen konnte, so wie er es vorher angekündigt hatte. Dass es allein ihre Entscheidung war, was sie nun machen würde. Und dass er in Zukunft gefälligst die Finger von ihrem Telefon lassen sollte.

Doch sie kam nicht dazu.

Sie machte beim Eintreten besonders viel Lärm, damit er sich schon darauf einstellen konnte, in welcher Stimmung sie war. Doch im Wohnzimmer lief der Fernseher sehr laut, und von Marc kam kein Ton. Sie ging den Geräuschen nach, fand ihn auf dem Sofa, wie er die Nachrichten anstarrte, die sie eigentlich gar nicht mehr sehen wollten.

»Dir auch einen guten Abend«, sagte sie, bemüht, ihren Zorn noch ein wenig aufrechtzuerhalten.

Marc reagierte nicht, sondern schaute weiter auf den Bildschirm. Und so blickte sie auch hin. Breaking News mal wieder.

» ... ein großer Erfolg, der vielen Menschen vor Augen geführt hat, dass es doch noch Hoffnung gibt, in dieser einzigartigen Situation. Auf vielfachen Wunsch hat die Regierung heute beschlossen, eine Änderung vorzunehmen, die so eigentlich nicht vorgesehen war. Wer in der Lotterie gewonnen hat, hat außerordentliches Glück. Doch gerade in Familien wird dieses Glück durch die Aussicht auf den Abschied voneinander getrübt. Daher wird es ab heute möglich sein, die Gewinn-Lose an andere zu übertragen. Sie können entweder verschenkt oder für einen frei ausgehandelten Preis verkauft werden. Die Regierung hat dafür eine Website …«

Sie sah Marc an, der nun auch zu ihr blickte. Dann stand er langsam vom Sofa auf und verließ den Raum. Karen nahm seinen Platz ein, der sich noch warm anfühlte. Sie schaute auf den Bildschirm, hörte jedoch nicht, was dort gesagt wurde. So musste Marc sich gefühlt haben, als er hier saß und darauf wartete, dass sie endlich nach Hause kommen würde.

Das Ganze war eine idiotische Idee. Wozu sollte man sein Los verschenken? Etwas Wertvolleres gab es momentan auf der Welt nicht. Und verkaufen? Für welchen Preis? Das Geld brachte einem doch in einem Monat sowieso nichts mehr. Sie rollte sich auf dem Sofa zusammen. Heute würde sie hier schlafen.

Sie fragte sich, wie lange Marc hier gesessen hatte.

VI

Gegen elf piepte ihr Telefon. Es war mittlerweile dunkel, und ihr Rücken schmerzte. Die Nachricht kam von Susannah. »Hey, du hast die Nachrichten ja wahrscheinlich gesehen«, schrieb sie. »Falls du dich entschließen solltest, dein Los zu verschenken, denkst du hoffentlich an mich.« Das Ganze schloss mit einem der Smileys, die ausdrücken sollten, dass man gar nicht so ein Arschloch war, wie es sich anhörte.

Karen ignorierte die Nachricht. Der Fernseher lief noch

immer. Nun erklärte ein Sprecher der Regierung der nickenden Moderatorin, wie es technisch möglich war, die Tickets zu übertragen. Karen hatte sich darüber noch gar keine Gedanken gemacht. Je wahnsinniger alle um sie herum wurden, desto sicherer war sie sich, dass sie ihr Ticket in Anspruch nehmen würde.

»Und in dieser zentralen Datenbank ist genau hinterlegt, wer ein Ticket hat?«, fragte die Moderatorin.

»Ja«, antwortete der Regierungssprecher. »Bisher sind alle Gewinner über ihr Telefon benachrichtigt worden. In den nächsten Tagen erhalten sie außerdem ein Schreiben per Post. In beiden Nachrichten gibt es eine eindeutige ID. Diese braucht man, um das Ticket einzulösen. Und drei Daten des ursprünglichen Gewinners, also zum Beispiel Vor- und Nachname und Geburtsdatum oder Adresse. So ist sichergestellt, dass die Gewinner alle Möglichkeiten haben, mit ihren Tickets zu machen, was sie wollen.«

»Und die Gewinnerinnen natürlich«, antwortete die Moderatorin.

Der Regierungssprecher lachte.

Karen griff zur Fernbedienung und schaltete den Fernseher aus. Es war kalt geworden, und das Sofa war mehr als unbequem. Sie beschloss, dass sie nicht mit ihrem Körper dafür bezahlen würde, dass Marc mit ihrem Gewinn nicht umgehen konnte. Als sie gerade aufstehen und ins Schlafzimmer gehen wollte, piepte ihr Handy schon wieder.

»Ein Freund von mir ist ein hohes Tier bei der Bank. Er kann dir einen guten Preis für dein Ticket machen.«

Karen schaltete das Handy aus und legte es auf den Wohnzimmertisch. Sie würde sich heute nicht mehr stören lassen.

Als sie aufschaute, stand Marc in der Tür. »Es tut mir Leid, wie das alles gelaufen ist«, sagte er. »Ich hab' das nicht so gut weggesteckt, wie ich dachte.« Er öffnete seine Arme, und sie ging auf ihn zu, um sich von ihm umarmen zu lassen. Er küsste sie auf die Wange und sagte noch einmal: »Tut mir Leid.«

So standen sie eine Weile, ohne etwas zu sagen. Schließlich fragte Marc: »Kommst du mit?«, und sie nickte und folgte ihm.

VII

Als Karen am nächsten Tag gegen 10 Uhr aufwachte, nahm sie sich vor, sich an diesem Tag komplett von der Außenwelt abzuschirmen. Handy, Computer, Fernseher, Tablet – alles würde ausgeschaltet bleiben, immerhin war heute Samstag. Marc war schon aufgestanden, und sie genoss es, endlich Zeit zu haben, um in Ruhe nachzudenken. Auch sie hatte das alles noch nicht weggesteckt, wie Marc gesagt hatte. Und das Zerren von Susannah und Marc hatte ihr mehr zugesetzt, als sie in den letzten Tagen bemerkt hatte.

Sie hörte Marcs Schritte aufs Schlafzimmer zukommen und drehte sich zur Seite, damit er nicht sah, dass sie wach war.

»Karen? Karen, wach auf!«, rief er von der Tür aus, und als sie nicht antwortete, kam er tatsächlich ans Bett und schüttelte sie leicht.

Karen atmete aus. »Was denn?«, fragte sie, während sie sich zu Marc drehte. Alle Farbe war aus seinem Gesicht gewichen. Sie hatte ihn noch nie so erschrocken gesehen.

»Es gibt ein Problem.«

Im Wohnzimmer lief der Fernseher, und zu ihrem großen Ärger sah Karen, dass ihr Telefon wieder eingeschaltet war. Sie kam nicht dazu, etwas zu sagen, der Bildschirm zog direkt ihre Aufmerksamkeit auf sich. Es gab Bilder von Straßenschlachten, randalierenden Menschen. All das, was sie sich vorgestellt hatte, seit sie das erste Mal davon gehört hatte, dass ein Komet in diesem Jahr die Erde treffen würde. Stattdessen hatten die Menschen jahrelang daran gearbeitet, zumindest einen Teil der Menschheit zu retten. Gemeinsam, unter einer vereinten Weltregierung. Und nun, so kurz vor dem Ende, kam es also doch zu den von allen gefürchteten Ausschreitungen. Sie schaute Marc fragend an.

»Die Datenbank wurde gehackt«, sagte er. Karen verstand nicht. »Alle Lose sind ungültig.«

Sie ließ sich auf das Sofa fallen und sah sich über Stunden hinweg die Nachrichten an. Die Website der Regierung war ein Reinfall gewesen. Sie hatten damit gerechnet, dass ein reger Handel stattfinden würde, aber in den ersten 24 Stunden passierte gar nichts. Niemand hatte verkauft. Und erst recht hatte niemand sein Ticket verschenkt. Wer sollte so etwas auch tun? Es hatte Gebote in Millionenhöhe gegeben, und niemand hatte sie angenommen.

Und jetzt das.

Ein Hackerangriff oder eine Datenpanne – es war nicht klar, was genau passiert war. Betroffen waren nur die Tickets aus der Verlosung. Die konnten nicht ohne großen manuellen Aufwand zugeordnet werden. Die Regierung arbeitete an einem Plan, mit dem die ursprünglichen Glücklichen wieder in den Besitz ihrer Tickets kommen sollten. Das sei aber – so die Moderatorin – nicht ohne erhebliche finanzielle Eigenbeteiligung möglich. Tickets, die mangels Mitarbeit der Gewinner*innen nicht zugeordnet werden konnten, sollten wieder in den Lostopf und neu verlost werden.

Also doch. Sie hatten so getan, als ob es eine Verlosung gegeben hätte, und nun nahmen sie ihnen die Tickets wieder weg. Wahrscheinlich hatten die Falschen gewonnen. Marc war noch entsetzter als sie selbst. Er brachte kaum ein klares Wort heraus.

Um 17 Uhr kam dann die schockierendste Nachricht. Zwei Männer waren getötet worden, von einem wütenden Mob gelyncht. Ein Banker und ein Anwalt. Karen musste sich durch vier verschiedene Nachrichtensender klicken, ehe sie verstand, warum.

Die beiden hatten ihre Abreise vorbereitet, waren offensichtlich plötzlich im Besitz von Tickets, obwohl sie vorher keine gehabt hatten. Gekauft. Obwohl das nicht möglich sein sollte, weil doch niemand ein Ticket angeboten hatte.

Der Regierungssprecher, der noch am Vortag dafür geworben hatte, die Tickets zu verkaufen, und der den ganzen Tag über nichts zur Datenpanne gesagt hatte, trat wieder vor die Kamera. Er verurteilte das Geschehen und sagte, die Täter würden mit aller Härte verfolgt werden. Doch die Unruhen hörten nicht auf. Auf den Straßen brannten die Autos, Fensterscheiben wurden eingeworfen, Menschen in Anzügen prügelten sich mit der Polizei.

Gegen 21 Uhr gab es eine neue Live-Schaltung. Die Datenpanne war behoben. Die Tickets waren wieder bei den Menschen, die sie ursprünglich gewonnen hatten. Wie das möglich war, wurde nicht erklärt. Erstattungen für bereits gezahlte Eigenleistungen für die Wiederherstellung würden in den nächsten Tagen folgen. Das hieß, dass das Geld weg war, dachte Karen. Aber dann wiederum war Geld mittlerweile auch weniger wichtig.

Was für ein Spuk. Den ganzen Tag hatte sie ferngesehen und nicht an ihr Handy gedacht. Erst jetzt schaute sie darauf. Es gab zwei neue Nachrichten von Susannah und eine von einer unbekannten Nummer, beide von letzter Nacht. Susannah hatte versucht, sie zu überreden, ihr Ticket an ihren Banker-Freund zu verkaufen. Und dann angekündigt, dass sie ihre Nummer weitergeben würde. Die dritte Nachricht war von diesem Mann, der ihr 10 Millionen Weltdollar bot, damit sie ihm das Ticket überschrieb.

Karen zuckte nur kurz zusammen, als sie den Namen las. Es war der Name des Bankvorstands, den sie den ganzen Nachmittag in den Nachrichten gehört hatte.

VIII

Den Sonntag nutzten sie, um wegzufahren. Sie verbrachten den Tag auf dem Land an einem See. Das Wetter war warm, wie immer, und sie genossen die Ruhe und Abgeschiedenheit. Sie sprachen wenig.

Am nächsten Tag wartete Susannah morgens schon an

der Tür zu Karens Büro. »Hast du das gesehen?«, fragte sie. »Das ist doch Wahnsinn, oder? Ausgerechnet ... « Sie sprach nicht weiter.

Karen fragte nicht nach, woher Susannah Leute kannte, die zur Not anderen Menschen illegal ihre Chance aufs Überleben wegnahmen, sondern drängte sich an ihr vorbei und setzte sich auf den Schreibtischstuhl.

Susannah war nicht so leicht abzuschütteln. »Hast du es dir denn mittlerweile überlegt?«

»Was überlegt?«

»Ob du verkaufen willst. Ich habe noch drei andere Kandidaten, die an deinem Ticket interessiert sind.«

»Hast du denen etwa auch meine Nummer gegeben?«

Susannah zuckte mit den Schultern. »Ein bisschen dankbar könntest du schon sein, dass ich mich für dich um das ganze Thema kümmere.«

Karen war fassungslos. Sie wurde lauter, als sie eigentlich wollte: »Ich habe dich nicht darum gebeten, mir bei irgendwas zu helfen.« Sie sah sich um. Auf dem Flur standen zwei Kolleginnen und unterhielten sich.

»Die Angebote gehen bis 20 Millionen«, flüsterte diese.

»Ich habe überhaupt nicht vor, mein Ticket zu verkaufen, und jetzt lass mich in Ruhe«, rief Karen, und erst da fielen ihr die Blicke aus dem Flur auf.

Susannah lächelte mitleidig, zuckte mit den Schultern und sagte: »Wenn du's dir anders überlegst, weißt du ja, wo du mich findest.« Dann ging sie.

Karen versuchte, sich in ihre Arbeit zu vertiefen, doch an diesem Tag kamen immer wieder Menschen ins Büro, um kurz mit ihr zu reden. Es war klar, dass sie nur wissen wollten, ob es stimmte, was man sich erzählte. Dass sie ein Ticket hatte. Und es nicht verkaufen wollte, egal, wie hoch das Angebot war. Niemand fragte, aber sie konnte es in ihren Augen sehen, in der sich leicht überschlagenden Stimme hören, in den Pausen zwischen den Sätzen.

IX

Als sie nach Hause kam, erwartete sie die nächste Überraschung. Schon im Hauseingang sah sie es: Der Briefkasten war aufgebrochen worden. Sie ging nach oben, und auch ihre Wohnungstür stand offen, das Holz an der Seite zersplittert.

»Marc?«, rief sie in den Flur, aber es kam keine Antwort. Sie überlegte, ob sie zuerst die Polizei rufen sollte, bevor sie die Wohnung betrat, als sich schon die Nebentür öffnete und ihr Nachbar den Kopf herausstreckte.

»Die sind schon weg«, sagte er, und als Karen nicht darauf antwortete, fuhr er fort: »Ich hab was Komisches gehört, und als ich dann nachgeschaut habe, sind hier drei Leute abgehauen. Alle dunkel gekleidet, ich konnte keinen erkennen.«

Karen nickte. »Danke«, sagte sie, auch wenn sie es nicht meinte.

Der Nachbar hatte sich wahrscheinlich schön in seiner Wohnung verschanzt, bis die Einbrecher abgehauen waren. Sie stieß die Tür auf und sah das Chaos im Flur.

»Stimmt es?«, fragte der Nachbar sie. Sie sah ihn fragend an, obwohl sie natürlich wusste, worauf er hinauswollte. »Sie haben gewonnen?«

Karen ließ den Mann stehen und knallte die Tür hinter sich zu, die sofort wieder aufflog, weil das Schloss herausgebrochen war.

Sie besah sich den Schaden. Ein paar Sachen waren durchwühlt worden. Offensichtlich hatte jemand nach den IDs gesucht, um sich ihr Ticket zu sichern. Offensichtlich jemand, der wusste, dass es bei ihr ein Ticket zu holen gab. Sie wählte Susannahs Nummer.

»Oh, du hast es dir über- ... «

»Nichts habe ich mir überlegt«, unterbrach Karen sie. »Bei mir ist eingebrochen worden. Der einzige Mensch außer Marc, der sicher weiß, dass ich gewonnen habe, bist du. Und du läufst durch die Welt und erzählst allen, die dich nicht danach gefragt haben, dass es bei mir was zu holen gibt. Dass unsere Wohnung aufgebrochen wurde, geht auf dich. Und wenn uns was passiert, genauso.«

Susannah sagte einen Moment lang nichts, dann wurde ihre Stimme ernst. »Ich schwöre dir, Karen. Die drei Angebote, die ich habe, wissen nicht, dass du das Ticket hast. Ja, ich habe deine Nummer einmal weitergegeben, aber danach nicht mehr. Und der wird's ja nicht gewesen sein. Von mir weiß niemand, dass du ein Ticket hast.« Karen schwieg, und Susannah fuhr fort: »Davon abgesehen: Du warst diejenige, die heute im Büro lautstark verkündet hat, dass du nicht verkaufen wirst. Da wissen doch sofort alle, worum es geht.«

Karen legte kommentarlos auf. Susannah hatte wahrscheinlich Recht. Es wussten schon längst viel mehr Menschen, dass sie gewonnen hatte – und sicher auch viele, die sie gar nicht kannte. Wahrscheinlich war sie der einzige Mensch in der ganzen Stadt, der ein solches Ticket hatte, und ganz sicher waren viele sehr daran interessiert. Dass es sich nun herumgesprochen hatte, machte es gefährlich, hierzubleiben. Es war nur eine Frage der Zeit, bis die nächsten Neider kamen: Was die Menschen für ein Ticket zu tun bereit waren, hatte das Wochenende ja gezeigt. Sie schrieb Marc eine Nachricht, dass sie in das Hotel gehen würde, in dem sie ihre Hochzeit gefeiert hatten, kramte ein paar Sachen zusammen und machte sich auf den Weg.

X

Die Hotellobby war voll. Offensichtlich war Karen nicht die Einzige, die zu Hause Angst hatte. Sie hatte Glück – sie konnte das letzte freie Zimmer buchen. Die junge Frau an der Rezeption wies Karen mit leiser Stimme darauf hin, dass das Zimmer 400 Weltdollar pro Nacht koste. Karen hatte so viel Geld nicht dabei, aber das Problem konnte sie später mit Marc klären. Während sie schnell in Richtung Aufzug verschwand, hörte sie hinter sich laute Stimmen: Diejenigen, die hinter ihr in der Schlange gewesen waren, sahen nicht ein, dass es keine Zimmer mehr geben sollte.

XI

Sie saß auf dem Hotelbett und schaute die Nachrichten. Der Regierungssprecher war durch eine Sprecherin abgelöst worden, die deutlich jünger und attraktiver war und offensichtlich dabei helfen sollte, die beständig schlechten Nachrichten besser an die Bevölkerung zu bringen.

»So ein großes Projekt hat ja noch nie jemand von uns gemacht«, flirtete sie den Moderator an, der auch sofort verständnisvoll lächelte. »Natürlich passieren da Pannen. Wichtig ist nur, dass wir so gut wie möglich reagieren. Und das tun wir.«

Der Moderator nickte. Die Entscheidung, die junge Dame zu ihm ins Studio zu schicken, gefiel ihm offensichtlich schon ziemlich gut. »Wie kam es denn zu dieser neuen Datenpanne?«, hakte er vorsichtig nach.

»Das können wir leider noch nicht sagen«, antwortete die Sprecherin. »Uns ist nur wichtig, dass wir alle Betroffenen unterstützen und für ihre Sicherheit sorgen wollen.«

Karen horchte auf, um zu erfahren, was jetzt schon wieder passiert war, aber der Moderator ließ die Sprecherin immer weiter von Sicherheit, Bemühungen und guter Reaktion sprechen. Worum es ging, wurde nicht klar. Sie schaltete zum nächsten Sender, in dem ein Ticker lief, der es erklärte. Es hatte tatsächlich eine weitere Datenpanne gegeben. Die Namen und Adressen hinter den Gewinnlosen waren geleakt worden. Es hatte Einbrüche und Überfälle gegeben. Weltweit waren bereits elf Menschen wegen ihrer Tickets ermordet worden. Einige galten als vermisst. Karen fragte sich, ob sie auch als vermisst galt.

Sie hatte Susannah also fälschlicherweise beschuldigt. Kurz überlegte sie, sie anzurufen und sich zu entschuldigen, aber es gab genügend Gründe, aus denen Susannah es verdiente hatte, dass sie sauer auf sie war. Dass sie bei diesem einen Unrecht hatte, änderte die Gleichung im Ergebnis nicht.

Karen dachte an all die Menschen, die sich darüber gefreut hatten, einmal in ihrem Leben das große Los gezogen zu haben. 10.000 Menschen, die das größte Glück hatten, das man sich vorstellen konnte. Und jetzt war dieses Los doch viel kleiner gewesen als gedacht. Es war das Zeichen an der Tür, das den anderen sagte: Diesen geht es besser als dir. Diesen geht es zu gut.

Sie versuchte, Marc zu erreichen, doch der ging nicht ans Telefon. Immerhin hatte er ihre Nachricht gelesen, auch wenn er nicht antwortete. So konnte sie sicher sein, dass er nicht nach Hause gehen und dort den nächsten Einbrechern in die Arme laufen würde.

Das Telefon auf dem Nachttisch klingelte. Es war die junge Frau von der Rezeption.

»Guten Abend«, sprach sie kaum hörbar. »Ich hoffe, es ist soweit alles in Ordnung.«

»Ja, alles perfekt«, antwortete Karen und wollte schon auflegen, doch die Frau sprach schnell weiter.

»Wir müssen Ihnen leider mitteilen, dass die Rate für das Zimmer nicht mehr stimmt. Also die ich Ihnen vorhin genannt habe.«

Karen ahnte, dass das Hotel sich nicht zu ihren Gunsten vertan hatte.

»Die Preise sind gestiegen«, sagte die Frau auch prompt.

»Seit ich vor zwei Stunden eingecheckt habe?«, fragte Karen ungläubig nach.

»Ja. Leider. Die Preise steigen gerade überall stark an. Das Zimmer kostet jetzt 4.000 W-Dollar, und Sie müssen bitte im Voraus zahlen.« Die junge Frau räusperte sich. »Und in bar.«

Karen wollte protestieren, doch da klopfte es an der Tür.

»Wenn Sie so viel Geld nicht in bar bei sich haben, ist Ihnen unser Mitarbeiter gerne behilflich – beim Gang zum Geldautomaten oder beim Auszug.«

Karen legte auf und wollte gerade die Tür öffnen, doch der Mitarbeiter nutzte schon seinen Generalschlüssel.

»Was soll das?«, fragte Karen, doch der Mann, der locker einen Kopf größer war als sie, antwortete nicht. Er ging zu ihrer Reisetasche, die sie kaum ausgepackt hatte, und stopfte alles hinein, was er fand. Dann nahm er die Tasche und ging den Gang hinunter, sodass Karen nichts anderes übrigblieb, als ihm zu folgen.

Sie hatte vermutet, dass das Hotelpersonal herausgefunden hatte, wer sie war, und die Situation ausnutzen wollte, doch der Aufruhr, der gerade in der Lobby stattfand, sprach eine andere Sprache.

»Wir können Ihnen die Zimmer leider nicht günstiger geben«, sagte die junge Frau zu einem wütenden Mann, der abwechselnd zu ihr und in sein Telefon schrie. Mehrere Gäste riefen wild durcheinander, und die Tafel, die den aktuellen Preis zeigte, war mittlerweile schon bei 5.000 W-Dollar angekommen. Der Mitarbeiter warf Karens Tasche auf den Boden der Lobby. Karen griff reflexhaft danach, obwohl sie die Dinge darin gar nicht wirklich brauchte, und zog sich in eine Ecke der Lobby zurück, wo sie unbeobachtet warten konnte. Sie rief Marc noch einmal an, hatte aber wieder kein Glück. Der Mitarbeiter, der sie heruntergebracht hatte, zog sich eine Jacke über und ging. Die junge Frau blieb allein an der Rezeption, und Karen fragte sich, wie lange es dauern würde, bis auch sie sich verabschieden würde.

Ihr Telefon klingelte; eine Nummer, die sie nicht kannte.

»Ja?«, fragte Karen.

»Ich bin's«, antwortete Marc. »Ich bin aufgehalten worden, aber ich komme jetzt. Bist du noch im Hotel?«

»Ja, aber ich kann hier nicht mehr lange bleiben, hier ist die Hölle los.«

»Komm einfach in fünf Minuten auf den Parkplatz«, sagte Marc und legte auf.

XII

Sie hielt nach Marcs Auto Ausschau, aber das kam nicht. Sie stand am Rande des Parkplatzes, die Reisetasche in der Hand. Sie versuchte, nicht zu nah an den Lampen zu stehen, weil sie sich sorgte, dass man sie erkennen konnte. Aber es waren ohnehin kaum Autos unterwegs. Nur ein riesiges Wohnmobil, das schon bessere Tage gesehen hatte. Es fuhr ohne Licht. Karen widerstand dem Impuls, den Fahrer darauf aufmerksam zu machen, und zog sich stattdessen in den Schatten eines Baums zurück. Das Wohnmobil hielt trotzdem direkt auf sie zu und hupte schließlich. Erst da erkannte sie, dass es Marc war. Marc in einem riesigen Wohnmobil. Er winkte ihr freudig vom Fahrerhaus zu und zeigte auf den Beifahrersitz. Völlig überrumpelt ging sie auf den Wagen zu und kletterte hinein.

Marc strahlte sie an. »Das ist die Lösung!«, rief er.

Karen sah sich im Wagen um. Es gab ein großes Bett im hinteren Bereich und ein kleineres über der Fahrerkabine. Alles war mit Kisten vollgestellt – die Betten, der Boden und selbst die Toilette, deren Tür sie vorsichtig öffnete. Sie schaute in eine der Kisten. Sie war voll mit Lebensmitteln – Reis, Konserven, Nudeln. Sie ging auf eine andere, größere Kiste zu, und Marc rief: »Bei der musst du ein bisschen aufpassen!«.

Sie hob langsam den Deckel der Kiste und ließ ihn sofort wieder los. »Bist du verrückt geworden?«, fragte sie. »Woher hast du das?«

Marc grinste: »Aus dem Supermarkt!«

»Verarsch mich nicht!« Karen wurde wütend. »Die Lebensmittel vielleicht – wobei ich nicht mal das glaube. Aber den Wagen, die« – sie zeigte auf die Kiste – »Waffen! Was soll das?«

»Hast du nicht gesehen, was los ist? Das werden wir brauchen«, sagte Marc ernst.

Sie fragte nicht, woher er das Geld hatte. Sie wusste es. Sie hätte die Nachricht von ihrem Telefon löschen sollen. Oder einen neuen Code einprogrammieren. Sie war selbst schuld. Sie hätte wissen müssen, dass Marc der Versuchung nicht widerstehen würde.

Sie schüttelte langsam den Kopf und setzte sich auf den Beifahrersitz. »Du hättest mich wenigstens vorher fragen können.«

»Du siehst doch selbst, wie hier alle durchdrehen. Du hättest dieses Ticket nie einlösen können. Sie werden es dir stehlen, oder die Regierung wird sie zurückziehen, und dann hast du gar nichts. So können wir wenigstens die letzte Zeit gut verbringen.«

Karen wusste, dass er Recht hatte. Der Einbruch, die steigenden Preise – es war abzusehen, wie es für die 10.000 Menschen weitergehen würde, die das vermeintliche Glück gehabt hatten, ein Los zu gewinnen.

»Und was hast du jetzt vor?«

»Wir fahren gleich los, einen Moment noch.«

»Worauf warten wir?«, fragte Karen, aber dann sah sie schon die Gestalt, die sich von der Straße näherte und freudig auf das Wohnmobil zu lief. Sie hatte mehrere große Taschen dabei, die sie kaum tragen konnte, und Karen wurde auf einmal alles klar. Susannah. Sie hatte Marc den Kontakt vermittelt. Wahrscheinlich hatten sie die ganze Zeit zusammengearbeitet, um an ihr Ticket zu kommen. Immerhin nahmen sie sie mit, dachte Karen bitter.

»Ich helfe ihr kurz mit den Taschen«, sagte Marc ohne eine weitere Erklärung, öffnete die Tür und sprang vom Sitz.

Karen beobachtete, wie die beiden sich zur Begrüßung umarmten. Marc strahlte, Susannah lachte gelöst.

Karen sah nach links. Der Schlüssel steckte. Sie schaute die beiden wieder an. Sie standen nah beieinander und sprachen schnell.

Karen rutschte auf den Fahrersitz, zog die Tür zu und startete den Wagen.

UNTER EINER STERBENDEN SONNE

von Josef Kraus

Was wird jetzt aus uns?

Wir waren auf dem Weg zu einer Typ-II-Zivilisation, und was sind wir jetzt? Eine Radioapparatgesellschaft, in der wir in unseren dunklen Stuben die Ohren spitzen, um von einer bedrohlichen Welt zu erfahren. Augen haben wir noch welche, aber zu schauen haben wir nichts. Unsere Welt haben Teilchenphysiker ermordet, sie sind verantwortlich für die Misere.

Es waren Hunderte aus unseren eigenen Reihen, teilweise dekorierte Helden, teilweise Freunde. In den ersten Stunden nach dem Ereignis haben wir sie allesamt zur Rechenschaft gezogen. Wir hatten jede Hoffnung auf eine Zukunft verloren, und daher war es keine süße Rache, keine emotionale Vergeltung unter ehemals Verbündeten. Nicht mal ein Akt der puren Gerechtigkeitsliebe. Es war mehr eine rein mechanische Handlung, wie eine einstudierte Reaktion auf das ungeheuerliche Ereignis.

Natürlich war es ein Unfall. Doch sterben mussten sie alle, dazu waren wir noch Barbaren genug. Ich selbst musste gut aufpassen, hatte ich doch auch eine wissenschaftliche Ausbildung, die bald verpönt war.

Kurz nach dem Unfall war die Zeit der Grausamkeit gekommen. Das Ermorden dieser Leute ging schnell, ein globaler Lynchmob hat das für uns erledigt. Doch jetzt fühlen wir uns kein Stück besser. Ich bin wie alle anderen ratlos, was zu tun ist. Immer dachte ich, dass die Wissenschaft uns aus jeder schwierigen Situation retten kann. Doch ironischerweise hat uns erst der Fortschritt in diese Situation gebracht. Wir haben nun alle unsere Köpfe nach unten geneigt, wie Boxer legen wir uns auf die Lauer, auf den einen Moment im Leben wartend, in dem die Deckung endlich aufgegeben wird, gegen die wir Sturm laufen. Dieser Moment kommt nicht. Wir sind in der letzten Runde und bald ausgezählt. Denn Folgendes ist die Situation: Unsere Haut ist ein ersticktes Leder geworden, jedes innere Organ setzt Staub an, Nährstoffe gibt es keine mehr. Unsere Säuglinge bleiben ab sofort unversorgt. Wir lassen sie schreien. Die Nacht ist unsere neue Mutter. Unsere Herzen sind innerhalb weniger Wochen dumpf und taub, Liebe, Freundschaft, Glück sind fremde Gefühle geworden, es ist kein Platz mehr dafür da.

Und unsere Gehirne? Wie eine unendlich trostlose Landschaft mit grotesken Bäumen, die unter ungeklärten

Umständen einem toten Boden entwischen. Ich merke, ich bleibe vage. Ich muss es anders erzählen.

Aber alles von Anfang an. Viele erfolgreiche Jahrzehnte sind vergangen, seit wir die Fusionstechnologie entwickelten und verfeinerten. Wir eroberten den nahen Weltraum. Ich selbst war als Ingenieur auf einem der neuen Schiffe, ganz in der ersten Reihe. Wir waren eine reiche und gesunde Zivilisation. Hatten lange Zeit Ruhe vor jedem Krieg, und ein Überfluss an Wohlstand war jedem versprochen, der in unsere Welt hineingeboren wurde. Bis es sogar Bürgerrecht wurde, wohlhabend zu sein, und aufhörte, etwas zu bedeuten.

Wir hatten den Kapitalismus längst abgelegt und lebten in einer Wissenschaftsgesellschaft, in der jeder sich dem Wohle und der Entwicklung der Spezies verschrieb. Kriminalität wurde zu einem neurologischen Defekt umdefiniert. Es gab keine Gründe mehr, andere zu bestehlen oder zu betrügen. Naturliebende, joviale Geister wurden wir, Philosophen gar, deren Antrieb es war, den erreichten Wohlstand als Grundlage zu nutzen, den versteckten Zusammenhängen des Universums auf die Spur zu kommen. Dem Einzigen dienen, dem Sinn. Glückliche, geistige Zeit.

Aber sonderbarerweise stellten sich die Automatismen der längst überwundenen kapitalistischen Systeme wieder ein. Immer schneller, immer weiter, immer mehr. Die Ziele wurden nie weniger. Der technologische Fortschritt machte es möglich, im All ungeahnte Weiten zurückzulegen. Zahlreiche Asteroiden warteten darauf, von ihren wertvollen Erzen befreit zu werden. Und unser Lebensstil und unsere Computersimulationen wurden immer aufwendiger.

Daraus entsprang ein immer größer werdender Energiehunger, der durch die Ressourcen der nahen Planeten und Weltraumkörper nicht mehr zu versorgen war.

»Auf zur Sonne«, sagte Vincent. Das war seine Lösung. Er ist jetzt nicht mehr unter uns, ein Opfer der ersten Säuberungswelle. Er war natürlich ein Wissenschaftler wie ich. Und mehr als das, Vincent war mein bester Freund, aber das kann ich heute niemandem mehr erzählen. Damals versuchten unsere Wissenschaftler, das Energieproblem zu lösen. Wir nannten es ›Problem‹, es war aber im Grunde keine Bedrohung unseres Lebens und sogar kein Engpass im eigentlichen Sinne. Das ›Problem‹ war nur eine Art von einem erwünschten Fortschritt, die nächste Stufe, die es zu erklimmen galt. Nichts wäre passiert, hätten wir uns dem ›Problem‹ nicht angenommen und die Dinge in ihrem Lauf gelassen.

Aber so waren wir nicht gestrickt. Und Lösungsansätze gab es viele, gar wie Sterne zahlreich. Einer der vielversprechendsten Wege war besonders spektakulär und erhellte unsere Herzen, als wären wir kleine Kinder, die den Zauber einer Schokolade zum ersten Mal schmeckten. Vincent erklärte mir den groben Plan, als wir an einem schönen Sommertag durch den Stadtpark spazieren gingen.

»Die Sonne ist der größte Fusionsreaktor in unserer bekannten Welt, richtig?«, dozierte er. Sie war im Park in unserem Rücken und warf unsere langen Schatten auf den Gehweg. Er drehte sich im Laufen kurz zu ihr um, um zu sehen, ob sie noch da war. Ich lachte, weil ich wusste, was mit der Geste gemeint war. Wir hatten immer diesen kleinen Witz, der auf Einstein zurückging, eigentlich aber als biererneste Frage an jeden Quantenphysiker zu verstehen war. Existiert etwas auch, wenn wir gerade nicht hinschauen? Darüber muss ich jetzt noch schmunzeln, so gut war ich mit Vincent befreundet.

Auf diesem Spaziergang ging es darum, die Kraft des Zentralgestirns für unser Energieproblem zu verwenden. Er erklärte es mir: »Wir können in ein bis zwei Generationen eine partielle Dyson-Sphäre oder einen Dyson-Schwarm um die ganze Sonne errichten und mit dieser energieabsorbierenden Hülle die Energie aufsaugen und zu uns transportieren.« Es war der alte Traum, eine gigantische Solarzelle um die Sonne.

»Warum nur partiell?«, fragte ich.

»Erstmal, um aus einem Jahrhundertprojekt kein Jahrtausendprojekt zu machen«, sagte Vincent. »Zweitens wollen wir die Sonne nicht komplett umhüllen und so ihre Leuchtkraft für uns verdunkeln. Also macht eine kleinere Sphäre viel mehr Sinn, die im Orbit um die Sonne kreist.«

Ich dachte an die Anstrengung eines solchen Projektes und zweifelte, dass unsere Politiker und Wissenschaftsverbände sich alle diesem Ziel verschreiben würden. Vincent interpretierte mein Schweigen und las meine Gedanken richtig.

»Die Hülle ist in wenigen Jahrzehnten mit der heutigen Technik zu bewerkstelligen«, sagte er. »Wir können die Scharen von automatisierten Schiffen, die wir für den Bergbau der Asteroiden nutzen, zurückbeordern und ihnen diese Aufgabe übertragen.«

»Ach stimmt, die Roboter«, fiel mir ein, und ich fühlte mich zwei Schritte hinter Vincent, der schon immer ein

Überflieger gewesen war. Das war schon zu unserer Studienzeit immer der Fall gewesen. Er war das Genie und ich einfach nur sein Freund. Ich hatte gelernt, ihm blind zu vertrauen. Wenn er von etwas überzeugt war, brauchte es keine Zweifel.

»Dennoch gibt es ein Problem«, seufzte Vincent. Wir gingen durch ein vergoldetes Tor auf den zentralen See des Parks zu, wo Kinder schon seit Jahrhunderten ihre kleinen Boote kreuzen ließen. Einiges ändert die fortschreitende Zeit nicht.

»Welches Problem?«, fragte ich ihn.

»Nun, es gibt bei den photonenabsorbierenden Technologien seit Jahrzehnten keine Verbesserungen mehr. Selbst mit dem intensiven Licht in naher Distanz zur Sonne können wir nicht so viele Elektronen in der Dyson-Sphäre freisetzen, die nötig wären, um einen echten Unterschied zu machen. Wir haben fünf Jahrzehnte lang versucht, die Kollektoren zu verbessern. Das war bis jetzt vergeblich. Und das wird scheinbar erst mal so bleiben. Wir produzieren den Strom aus Sonnenlicht immer noch so wie die Generationen vor uns. Selbst mit der theoretisch vollständigen Sphäre reicht die gewonnene Energie für unsere anstehenden Großprojekte kaum aus. Mit einer partiellen Hülle brauchen wir bei dem heutigen Stand der Technologie erst gar nicht anzufangen.«

Unsere Großprojekte. Unsere Träume. Mit Schaudern dachte ich an einen besonderen Wunsch. Das nächste Sternensystem zu erkunden. Wir lebten in einer einsamen Gegend. 32 Lichtjahre war der nächste Stern entfernt. Auch so ein Jahrhundertprojekt, das uns die kleinen Haare auf den

Armen aufrichtete und uns von einer noch goldeneren Zukunft träumen ließ. In Retrospektive, mit der Erfahrung von heute, war das alles natürlich eine völlig stupide Illusion.

»Ok, dann ist dieser Weg vielleicht zu zäh, um ihn weiterzugehen. Was ist denn, wenn wir mehr Photonen produzieren lassen? Durch unsere Entwicklung in der Fusionstechnologie wissen wir im Detail, wie die Sonne im Inneren ihre Energie herstellt. Wir können den Fusionsausstoß der Sonne auf die gleiche Weise vergrößern, wie wir unsere Kraftwerke auf Effizienz trimmen«, sagte ich.

»Interessant«, fand Vincent. Wir schwiegen auf dem Weg zum Parkausgang, während er über meinen Gedanken nachdachte und ich die Natur genoss. Dann, nach vielen Minuten des Schweigens, in denen ich den Faden erst wiederfinden musste, fasste er seine Gedanken zu meiner Idee zusammen. »Ja, im Prinzip kann man das tun. Man müsste natürlich ein paar Probleme lösen, aber es ist grundsätzlich machbar, die Sonne wie einen unserer Reaktoren zu behandeln.«

Ich schaute ihn an, während er diese Sätze sprach. Er wirkte aufgeweckt, wie zu neuem Leben erwacht durch die Idee. »An die Reduktion der Lebensdauer der Sonne muss natürlich auch gedacht werden«, sagte ich.

Er wischte den Einwand lachend weg. »Wir dosieren das natürlich. Eine feine Balance. Vielleicht brennt sie ein paar hundert Millionen Jahre kürzer. Wen kümmert das? Wir selbst werden das nicht mehr mitkriegen. Unsere Spezies wird dann schon lange neue Systeme bevölkert haben. Und ob wir in wenigen Millionen Jahren überhaupt noch existieren, ist auch die große Frage.«

Ich nickte ihm zu. Das klang alles so schlüssig. Und war außerdem wie ein lange bekannter Reflex aus längst vergessenen Tagen: Lebe heute auf Kosten deiner Nachfolger. Und dann existierten diese Nachfolger vielleicht nie. Perfekt. Und dazu war Gutes für Unzählige getan, das Energieproblem gelöst, die Großprojekte gesichert. Die nächste Stufe. Der Moment, in dem die Deckung des Gegners heruntergeht und wir waren bereit.

Ich habe mit niemandem über dieses Gespräch im Park gesprochen. Ich war nicht verantwortlich für Vincents weitere Forschungsarbeit. Aber ich hatte ihm die Idee gegeben. Ich konnte mir nicht ausmalen, was sie mit mir machen würden.

Vincent war der Chefwissenschaftler des Projektes Epsilon. Er widmete die nächsten zehn Jahre der Grundlagenforschung, stellte ein Team zusammen, pitchte die Idee zahllosen Regierungen und Organisationen und fand seine Geldgeber. Bald schon war das Forschungsschiff gebaut, das ihn und sein Team an die Randbezirke der Sonne bringen sollte, um die Fusionsabläufe zu optimieren. Er hatte das alles getan. Nicht ich. Ich hatte nur eine Idee. Dennoch ahne ich heute, dass dieses Gespräch im Park zwischen uns der Beginn vom Ende der Welt war.

Projekt Epsilon war ein gigantisches Projekt, an dem sich alle großen Regierungen beteiligten. Die Wissenschaft hinter dem Projekt war gesichert und belastbar, die neue Energieausbeute der partiellen Dyson-Sphäre präzise berechenbar. Und auf diese Energie waren alle scharf. Während ich schon bald meine akademische Karriere hinwarf und bei einem Mining-Unternehmen als Expeditionsexperte unterschrieb, bereitete Vincent mit seinem Team den Eingriff in die Fusionskraft der Sonne vor. Ein erster Test war für den 13. April geplant.

Während das Projekt von den Medien begleitet wurde und die Berichterstattung im Prinzip die meisten erreichen konnte, ersparte sich die große Mehrheit der Gesellschaft eine Beschäftigung mit dem Thema. Gingen vereinzelt Kritiker und Gegner des Projektes auf die Straße, war den meisten nicht ganz klar, wogegen oder wofür protestiert wurde. So war auch der erste Testlauf kaum bekannt, obwohl die Informationen öffentlich waren. Ich saß als einer der wenigen Augenzeugen mit meinem Sohn vor dem Bildschirm und hatte den Wissenschaftskanal eingeschaltet, der in einer direkten Schalte von der Sonne berichtete. Das Experiment sollte für etwa zwei Minuten im sichtbaren Licht beobachtbar sein. Wenn die Sonne ihre Farbtemperatur in dieser Zeit änderte und dann wieder auf die Ausgangswerte zurücksprang, war der Versuch geglückt. Der Moderator aus dem Off erklärte, dass das Experiment bereits begonnen hatte.

»In wenigen Sekunden erreicht uns das 14 Minuten alte Licht, dann mit einem neuem Kelvinwert. Achten Sie auf die Auslesewerte in unserer Infobox auf der rechten Seite ihres Bildschirms.«

Ich nahm meinen jungen Sohn bei der Hand, und wir schauten gebannt auf den Schirm. Dann geschah es, es war als knipste jemand das Licht aus. Der helle Kern im Zentrum des Bildes verschwand, und für einen Moment dachte ich, wir würden einen der historischen Stromausfälle erleben. Aber der Bildschirm blieb weiter an und die Infobox mit den Werten war weiterhin zu sehen, nur war in der Mitte des Schirms die gierige Leere des Weltraums. Viele Werte zeigten eine Null an, aber die Masse war weiterhin normal. Als Wissenschaftler begriff ich sofort, was das Ergebnis dieses verfluchten Experiments gewesen war. Unsere Sonne war nicht verschwunden, sie war zu einem Schwarzpunkt geworden, zu einem schwarzen Loch. Das war eigentlich aufgrund ihrer zu geringen Masse unmöglich, aber die sofort einsetzende Dunkelheit und ihr schneller Nachfolger, die klirrende, lebensfeindliche Kälte, verkündeten, dass es eine neue Realität gab, an die sich die panische Angst der ersten Stunden zu gewöhnen hatte.

Bis eine Notfallstruktur aufgebaut war, starben viele Milliarden, die meisten von uns. Wenige konnten sich retten, konnten tiefe Bunkerwerke beziehen, die mit Fusionsreaktoren geheizt und erleuchtet wurden. Nun setzte sich das Wissen durch, dass es nie wieder echtes Licht geben würde, das wir sehen konnten, mit Ausnahme der nun unerreichbaren Nadelpunkte der anderen Sonnen. Wir mussten unsere Jüngsten unter künstlichem Licht aufziehen. Mühselig versuchten wir herauszufinden, wie lange wir überleben konnten. Unser Planet war jetzt ein dunkles Raumschiff geworden, es war ohne Ziel, ohne Antrieb, ohne Sinn. Wir waren wie rasende Rennfahrer, die im Orbit um ein stellares schwarzes Lock einen Kurs ohne Zukunft hatten. Viele von uns Überlebenden hielten das mental nicht aus. Mein Sohn auch nicht. Ich weiß nicht, wie ich es geschafft habe, ihn zu überleben. Möglicherweise bin ich ein geeigneteres Versuchskaninchen.

Es ist ein schwacher Trost, dass sich im Grunde nichts für die Planeten ändert, wenn man aus großer Perspektive auf dieses Ereignis schaut. Die Sonne wurde durch ein schwarzes Loch mit gleicher Masse ersetzt. Alle Planeten blieben auf ihren gewohnten Umlaufbahnen. Ein Jahr bleibt ein Jahr, auch wenn wir keine Jahreszeiten und damit keine Beweise mehr haben. Unsere Entfernung zum dunklen Prinzen ist sicher, aber die fehlende Wärme und das fehlende Licht setzen uns zu und werden uns noch viele Jahrhunderte zusetzen, wenn wir es überhaupt so lange machen.

Ich habe jetzt viel Zeit zum Nachdenken. Eines habe ich in den letzten Wochen gelernt: Tiefer konnte man nicht stürzen. Obwohl wir uns wieder aufgerafft haben. Man kann jetzt schon sagen, dass wenige Hunderttausende von uns auch in den nächsten Jahren gesichert überleben werden. Aber kann man das Leben nennen? Wir sind nicht nur ein paar Treppenstufen abgestürzt, sondern etagenweise bis in den Keller eingebrochen. Wir waren auf der Kardashev-Skala auf dem Weg zu einer fortschrittlichen Zivilisation, die endlich die unerschöpflichen Energieressourcen ihres Sterns anzapfen würde. Dann in Sekunden der dramatischste denkbare Rückfall. Wir sind jetzt eine Gemeinschaft, die vor dem ewigen Weltallwinter auf der Planetenoberfläche geflohen ist. Die meisten Organismen dieses Planeten sind tot. Unsere warmen Fusionsreaktoren laufen noch einige Zeit, bevor sie ausfallen. Wir setzen alles dran, neue zu bauen, auch wenn es beinahe unmöglich ist. Jeder ist verpflichtet, Energie zu sparen. Auf Energievergeudung steht die Todesstrafe. Die meiste Zeit des Tages kurble ich, um den Energiebedarf künstlicher Lichter und Heizgeräte mit eigener Muskelkraft zu unterstützen. Wie lange der lebensnotwendige Strom noch fließen kann, weiß keiner, oder sie sagen es uns nicht.

Manchmal träume ich von der Vergangenheit. Von einer echten, mondbeleuchteten Nacht in der Stadt, die schön und hässlich zugleich ist. Ich betrachte die Welt mit den Augen eines echten Wissenschaftlers, mit den Augen von Vincent. Ich entdecke die interessantesten Dinge. Fluoreszierende Schilder weisen den Nachtgängern den Weg. Pochende Herzen hinter hartem Gemäuer, die sich lautstark streiten. Ein nicht enden wollendes Hintergrundrauschen der Stadt – wie Flüsse, die durch weite Berglandschaften mit leichter Hand gezeichnet sind. Eine hin- und herschwenkende Künstlerhand eines Gottes lässt sich immer wieder Neues einfallen. Der Megamond, so hell wie unsere Herzen, so dunkel wie unser Wissensdrang, aufflammend und wegweisend. Mit seinem Licht taucht er alles in Sepia, sinister und charakterhaft. Jeder sinnlose Feldweg wird in seinem Licht zielführend. Und dann das Funkeln in den Menschen. Wie mein Freund Vincent, der immer noch gedanklich mein bester Freund ist, der uns mit einem Quäntchen mehr Glück oder Können zur nächsten Stufe geführt hätte. Ihm ist nichts vorzuwerfen, denke ich im Traum, und nehme mir vor, mich nach dem Aufwachen für den Gedanken zu tadeln und wieder zu meinem Hass zu finden. Aber erst will ich weiterträumen, durch diese interessanteste aller Nächte flanieren, ziellos durch die Stadt, mit schwachem Tempo wie ein Feldherr, der bedeutsam durch seine Reihen marschiert, um seine nächsten Gedanken zu greifen.

    Irgendwann wache ich auf. Und die ewige Nacht ist das beängstigendste Gefühl, das ich kenne. Aber wie bei einem manischen Hysteriker wandeln sich meine Emotionen augenblicklich – ich ermahne mich, dass ich dem Wahnsinn nicht verfallen darf. Wenn der Himmel und der Boden nur erdacht sind und es keine unschuldigen Tage mehr gibt, ist das die zwecklöseste Anstrengung, die es gibt.

ORANGE

von Yvonne Kraus

I

Der rechte Balken war größer als alle anderen zusammen. Das hatte es so noch nie gegeben. Rebekka hielt den Blick auf der Hochrechnung, blendete die Jubelrufe aus, die um sie herum losbrachen, bekam kaum mit, wie Hendrik sie umarmte, hochhob, umherwirbelte. Das war ihr Moment. Der Moment von allen, die daran gearbeitet hatten, hierhin zu kommen, die ihren Sieg um sie herum feierten, die wussten, dass dies der Start in eine bessere Welt war. Aber auch ihrer, Rebekkas Moment. Sie wusste, dass sie es schaffen würde, was so viele wollten und einige wenige nicht.

»Du musst raus, Rebekka, jetzt!«

Elvie war wie immer der ruhige Punkt im Auge des Tornados. Genau das, was sie alle jetzt brauchten: ein Mensch, der den Überblick behielt und ihnen sagte, was zu tun war. Rebekka löste sich aus Hendriks Umarmung und folgte Elvie aus ihrem Besprechungsraum, durch Gänge, über einen Hof, bis sie schließlich am Eingang des Studios stand, von wo aus sie die Moderatorin sehen konnte, die sie während des Wahlkampfs so oft kritisch befragt, unterbrochen, lächerlich gemacht hatte. Sabine Sturm war alles andere als neutral gewesen, hatte die Kandidaten der anderen Parteien hofiert und sie, Rebekka nur geduldet, weil Instagram, TikTok und X sich überschlugen mit ihrem Slogan. *Die Zukunft ist orange.* Und jetzt war sie da, die Zukunft, und Sabine Sturm musste sich wohl damit abfinden.

»Und ich bekomme gerade die Nachricht, dass sie hier ist, die Frau der Stunde, Rebekka Faber!«

Rebekka erinnerte sich an ihren ersten Auftritt hier vor etwa zwei Jahren, kurz nachdem sie die Orange-Partei gegründet hatten. Hendrik war der Kopf des Ganzen, Elvie organisierte und sorgte dafür, dass alles ineinandergriff. Rebekka gab das Gesicht in den Medien. Und nun würde sie mit 26 Jahren die jüngste Bundeskanzlerin aller Zeiten werden.

»Herzlich willkommen, Rebekka!« Die Augen der Moderatorin waren gewohnt eisig, das Lächeln falsch.

Rebekka hatte längst aufgehört, sich über die herablassende Verwendung ihres Vornamens zu ärgern. »Frau Sturm, danke für die freundliche Begrüßung. Ich bin selbst mindestens genauso überwältigt von den Ergebnissen wie

Sie.«

»Ja, überwältigt ist ein gutes Stichwort. Dass eine Partei die absolute Mehrheit bei einer Bundestagswahl erreicht hat, ist ja schon mehr als 90 Jahre her. Und das, obwohl ihre Partei ja noch – bildhaft gesprochen – die Eierschalen hinter den Ohren hat. Wie erklären Sie sich das?«

»Ich denke, dass sehr vielen Menschen mittlerweile klar ist, dass Kompetenz und politischer Veränderungswille keine Frage des Alters sind.«

Rebekka spiegelte Sturms falsches Lächeln, nahm sich Zeit für eine Pause, damit die Moderatorin merken konnte, dass auch sie gemeint war.

»Veränderungen müssen kommen, auch das sehen die Menschen. Und Veränderung geschieht eben nur durch Veränderung – und nicht durch die, die es jahrzehntelang verbockt haben.«

»Und da dachte ich, der Wahlkampf sei vorbei!« Sturm lachte breit, Rebekka lächelte einfach weiter. Sie musste nicht auf alles eingehen, das hatte sie in den letzten Monaten gelernt.

Als Sturm merkte, dass Rebekka den Handschuh nicht aufgreifen würde, den sie ihr vor die Füße geworfen hatte, fuhr sie fort: »Nun, auf welche Veränderungen müssen wir uns denn gefasst machen?«

Natürlich fragte sie das. Ihrem Mann gehörten Anteile einer Ölraffinerie und eines Automobilkonzerns. Das wussten nicht viele, aber 5past12, wo Rebekka ihre Karriere als Umweltschützerin begonnen hatte, hatte Informationen über Personen des öffentlichen Lebens gesammelt, die direkt oder indirekt davon profitierten, die Lebensgrundlagen der Menschheit zu zerstören.

»Die erste Veränderung wird sein, dass wir unsere Wahlversprechen halten werden. Wir werden Planetenrechte einführen und sie als oberste Priorität behandeln – genau wie wir das im Wahlkampf angekündigt haben.«

II

Rebekka stand am Fenster ihrer Berliner Wohnung, trank ihre zweite Tasse Kaffee und schaute zu, wie die Stadt langsam erwachte. Sie hatte sich geweigert, ins Kanzlerinnenamt zu ziehen, wollte in ihrer WG bleiben, aber Hendrik hatte sie zu einem Kompromiss überredet.

»Wir können nicht alles auf einmal ändern«, hatte er gesagt, und so hatte sie eingewilligt, zumindest das Viertel zu wechseln, nach Mitte zu ziehen, in eine Penthouse-Wohnung, in die sie auch mal ihr Team einladen konnte. Sie gab es nur Hendrik und Elvie gegenüber zu, aber die Wohnung gefiel ihr. Sie liebte es, wie hell sie war, wie abgerückt von allem, wie alles in ihr freundlicher und einfacher schien. Wenn sie nach Hause kam und die Tür hinter sich schloss, war es, als könnte sie alles acht Stockwerke weit unter sich lassen.

»Das ist auch genau richtig so«, hatte Hendrik gesagt. »Du arbeitest rund um die Uhr, stehst ständig in der Kritik, wirst als Mensch angefeindet, egal, was du tust. Da hast du dir eine schöne Wohnung verdient, in der du Abstand findest.«

Ihr war das gar nicht so bewusst gewesen, die viele Arbeit, die Angriffe, aber Hendrik hatte Recht. Die ersten Monate waren hart gewesen. Es war nicht so leicht, aus bestehenden Regierungsverträgen auszusteigen, das Ruder so schnell herumzureißen, wie es notwendig gewesen wäre. Mehr als die Hälfte der Wählenden hatte zwar für sie gestimmt, aber ein Viertel der Berechtigten hatte gar nicht erst gewählt, und die anderen waren überhaupt nicht mit ihrer Orange-Politik einverstanden. Statt genug für alle wollten sie mehr für sich – wie sie es seit Jahrzehnten als Lebensziel gelernt hatten.

Der Bürgerkrieg in den USA stellte sie vor weitere Schwierigkeiten. Die Erwartung, dass sie den verlässlichen, demokratischen Partner mit Waffenlieferungen unterstützen würde, brauchte sie nun gar nicht als zusätzliches Problem.

Schon vor der Wahl hatte Rebekka ein harter Wind ins Gesicht geblasen. Nun kam er ihr manchmal wie ein Orkan vor, und sie hatte Sorge, dass er sie von den Füßen werfen würde. Aber Hendrik stand an ihrer Seite, hielt sie, war immer bereit, sie im Notfall aufzufangen.

Rebekkas Telefon piepste. 5:58, heute ging es nicht ganz so früh los. Sie schaute auf ihr Display. Eine Nachricht von Elvie, ein Screenshot einer E-Mail. Rebekka klickte auf das Bild und zog es mit zwei Fingern größer, um den Text lesen zu können. Einige Passagen waren geschwärzt, und es war auch nicht zu erkennen, wer da an wen geschrieben hatte.

Uns liegen Informationen vor, dass die radikale Umweltschutzgruppe 5past12 einen Anschlag auf Fr. Faber plant. Unsere Quelle ▆▆▆▆▆▆▆▆ *hat uns glaubhaft versichert, dass während der Pressekonferenz zu Waffenlieferungen nach New*

York und Washington ▬▬▬▬▬ ▬▬▬▬▬ Wir gehen von einer erhöhten Gefährdungslage aus. ▬▬▬▬▬

Rebekka seufzte. Es war nicht die erste Drohung, die sie erhalten hatte. Ständig wollte irgendwer etwas auf diese Weise gegen ihre Politik unternehmen. Das Anschlagsvorhaben von 5past12 konnte sie aber kaum glauben. Sie kannte auch heute noch viele der Mitglieder persönlich, einige sogar sehr gut. Svenja, Tim, Karl, Ianeta – sie mussten doch wissen, dass sie alle auf derselben Seite standen. Warum sprachen sie nicht einfach mit ihr?

Gerade wollte sie eine Antwort tippen, als eine weitere Nachricht von Elvie kam. »Ich habe Karl angerufen. Er sagt, wir sollen das ernst nehmen. Neue, radikalere Führung, dies, das. Er konnte nichts machen. Ist aber bereit, mit dir zu telefonieren.«

Rebekka fragte sich einen Moment lang, ob sie bereit war, mit Karl zu sprechen, dann tippte sie »Ok« ins Telefon, stellte den Kaffee auf der Fensterbank ab und ging ins Bad, um sich anzuziehen. Wie immer schaute sie durch die vier Personenschützer hindurch, die mittlerweile wie Möbelstücke zu ihrer Wohnung gehörten.

III

Hendrik, Elvie und zwei Personenschützer waren im Raum, als Karls Anruf kam. Rebekka wusste, dass außerdem im Nebenraum mitgehört wurde. Und wahrscheinlich ahnte auch Karl, dass das Gespräch nicht wirklich vertraulich sein würde. Seine Stimme klang seltsam, die Leitung war nicht besonders gut, und er schien sehr darauf zu achten, was er sagte.

»Vielen Dank für Ihre Zeit, Frau Bundeskanzlerin«, begann er und versetzte Rebekka den ersten Stich. Früher war sie einfach Becky für ihn gewesen, aber das schien ewig her, und so nannten sie nicht mal mehr Hendrik oder Elvie. »Ich möchte Sie nicht lange aufhalten. Sie wissen, dass unsere Gruppierung basisdemokratisch organisiert ist und es zahlreiche Untergruppen unter demselben Dach gibt. Einige sind bereit, zu unkonventionelleren Maßnahmen zu greifen als andere. Was uns eint, ist das Ziel: das Ende der Menschheit zu verhindern. Sie wissen, dass dafür nicht mehr viel Zeit bleibt. Der Bürgerkrieg in den USA, so schlimm er sein mag, ist nur eine Fußnote in der Geschichte. Den Planeten tangiert sie nicht. Uns interessiert nur, was den Planeten interessiert.«

»Es geht hier auch um grundlegende Menschenrechte, Karl.« Rebekka konnte sich nicht mehr zurückhalten. »Wenn wir hier nicht unterstützen, werden gerade die weniger privilegierten Menschen, die auch schon unter der Klimakrise stärker leiden, in ihren Rechten beschnitten werden. Vielleicht können wir kurzfristig einen Brandherd stoppen. Aber das Feuer wird später nur umso heftiger toben.«

»Jeder Brandherd ist einer zu viel. Den Luxus, uns um Menschenrechte zu kümmern, haben wir als Spezies verschlafen. Es geht nun nur noch um Planetenrechte. Das sollten Sie wissen. Mit diesem Begriff sind Sie zur Wahl angetreten. Die extremeren Gruppierungen in unserer Organisation fordern von Ihnen, dass Sie Ihre Wahlversprechen einlösen. Planetenrechte als oberste Priorität.«

»Aber was hat das damit zu tun, dass wir demokratische und liberale Kräfte unterstützen? Was nützt es uns, wenn die konservativen Staaten den Krieg gewinnen? Das macht uns in Zukunft nur noch mehr Probleme.«

»Der Gouverneur von Texas hat zugesichert, das 2,2°-Ziel einzuhalten. New York und Washington sind sich noch nicht einig und wollen Abstimmungen dazu. Vielleicht reicht die Zeit für demokratische und liberale Politik nicht mehr aus. Wenn wir die ganz große Katastrophe verhindern wollen, muss jemand handeln. Und besser, der Falsche tut das Richtige, als wenn die Richtigen nur abwarten und die Zeit verstreichen lassen.«

»Karl, wir sprechen hier von komplexen Problemen, da müssen mehrere Seiten abgewogen werden. Die Verträge mit den USA hat die Vorgängerregierung aufgesetzt, da kommen wir so leicht nicht raus. Und Quinn sagt, dass er die konservativen Staaten vertritt, aber ob er liefern kann, was er verspricht, ist alles andere als klar.«

»Sie sprechen von Menschenrechten und liberaler Politik, unterstützen aber gleichzeitig die Rüstungsindustrie. Auch das ist offensichtlich komplex. Frau Bundeskanzlerin, ich danke Ihnen für Ihre Zeit. Ich verstehe, dass Sie viele Dinge berücksichtigen müssen. Aber niemand hat je gesagt, dass Ihr Job einfach ist.«

Damit hängte er auf. »Sollen wir versuchen, den Anruf zurückzuverfolgen?«, fragte Hendrik.

»Wozu?« Rebekka war klar, dass das wahrscheinlich ohnehin nicht klappen würde. Davon abgesehen hatte Karl selbst nichts getan. Er war nur Überbringer der Nachricht. »Können wir kurz sprechen?«, fragte sie Hendrik. Der nickte. Als die beiden Personenschützer den Raum verlassen wollten, schüttelte Rebekka den Kopf. Stattdessen steuerte sie ihn an den anderen vorbei aus der Tür und nahm im Augenwinkel wahr, wie Elvie die Mundwinkel nach unten zog.

»Wir sind gleich wieder da«, sagte Rebekka scheinbar in den Raum und meinte Elvie.

IV

»Was meinst du«, fragte Rebekka. Sie standen im Hof und konnten das Fenster ihres Büros sehen. Rebekka war sich sicher, dass Elvie sie von oben beobachtete, dann schob sie den Gedanken beiseite. Es war egal. Darum ging es hier nicht. Sie wollte gute Politik machen, die beste für alle. Dabei würde vielleicht auch mal jemand verletzt werden.

»Tu's nicht«, sagte Hendrik. »Du kannst nicht jeder Gruppe alles Recht machen. Wir haben eine Linie und müssen diese beibehalten. Lieber mit den falschen Mitteln den Richtigen helfen, als später feststellen, dass die Falschen uns betrogen haben. Warum sollten wir den Konservativen trauen? Sie hatten lange die Gelegenheit, die Erderwärmungsziele zu halten. Stattdessen haben sie einfach immer die Jahreszahlen nach hinten und die Gradzahlen nach oben gedreht.«

Rebekka nickte. Hendrik hatte Recht. Und Karl auch.

Ihr gefiel beides nicht. Sie wollte keine Waffen liefern, keine Rüstungskonzerne reich machen, keine Menschen sterben sehen. Doch sich nicht zu wehren und denen, die sich nicht wehren konnten, nicht zu helfen, bedeutete, auf der Seite der Falschen zu stehen. Sie wollte das Richtige tun – mit den Richtigen.

»Karl hat in einem Punkt Recht: Uns läuft die Zeit davon«, sagte sie.

Hendrik nickte. »Genau deswegen ist es so wichtig, was wir entscheiden. Noch haben wir Zeit, langfristig zu denken und zu handeln. Aber nicht mehr lange. Wenn wir diese Chance verpassen, können wir nur noch reagieren. Und dann müssen wir wirklich jedes Mittel in Betracht ziehen.«

Keine Zeit mehr, nicht mehr lange, langfristig denken und handeln – Rebekka fragte sich, ob irgendjemand wirklich wusste, wie viel Zeit ihnen noch blieb. Oder ob nur das Gefühl der Dringlichkeit bei allen unterschiedlich war.

»Wir sollten die Anschlagswarnung trotzdem ernst nehmen«, sagte Hendrik. »Diese Bekloppten sind zu allem möglich.«

Rebekka zog die Augenbraue hoch.

»Sorry«, schob Hendrik nach, »Anwesende ausgeschlossen. Elvie auch. Ihr beide seid aber ja auch ausgestiegen.«

Rebekka zuckte mit den Schultern. »Ich traue es ihnen ja selbst zu. Und ja, auch deswegen will ich den richtigen Weg gehen. Und mich jetzt nicht davon abbringen lassen.«

»Ich kann für dich zur Pressekonferenz gehen. Du kannst vom Nebenraum aus zuschauen und vielleicht am Ende kurz auftreten, wenn du willst.«

Rebekka zögerte einen Moment, dann nickte sie langsam. »Danke.«

V

Rebekka saß in ihrer Schaltzentrale, wie sie den Raum mit den Monitoren nannte. Elvie war dabei und auch zwei Personenschützer. Den einen hatte sie noch nie gesehen, allerdings kamen und gingen diese Leute ständig. Elvie kümmerte sich darum, dass immer jemand auf sie alle aufpasste, das reichte ihr. Hendrik wartete am Rand der Bühne, wo ihn die Kameras noch nicht sehen konnten. Im Publikum machten sich schon die verschiedenen Pressevertreter bereit. Sie erkannte einige der Anwesenden, allen voran natürlich Sabine Sturm, die sich diese Gelegenheit nicht entgehen lassen würde. Es war auch zu leicht, ihnen jetzt etwas vorzuwerfen. In einer Situation, in der jede Entscheidung falsch war, war es umso wichtiger, sich zielgerichtet zu entscheiden. Sich zu überlegen, wofür sie stand. Das hatte sie getan. Sie war Hendrik dankbar, dass er sie vertrat. Sorgen machte sie sich keine. Auch in den Reihen der Presse saßen ihre Personenschützer, schließlich war sie das Ziel der angedrohten Anschläge.

Auf einem zweiten Bildschirm öffnete sie X. Hendrik riet ihr immer wieder davon ab, dort mitzulesen, aber er war ja jetzt nicht da, um sie davon abzuhalten. Die Hashtags, die trendeten, waren #laberfaber #fuckorange #fuckfaber und #diezukunftistorange. Immerhin gab es noch genügend Menschen, die verstanden, in welcher Lage sie sich befanden und dass sie alle ihr Bestes gaben.

Rebekka klickte auf den letzten Hashtag und las mit. »Ich bin sicher, heute erfolgt eine klare Positionierung zu den Werten der Partei. Alles andere würde einen Rücktritt von #faber nötig machen. #diezukunftistorange«

»Pressekonferenz angekündigt, als ob nicht alle längst wüssten, dass #diezukunftistorange für Frieden UND Gerechtigkeit UND Klima steht.«

»Planetenrechte vor Menschenrechte! #diezukunftistorange oder #fuckfaber«

Bevor sich Rebekka weiter in die Tweets einlesen konnte, erschien glücklicherweise ihre Pressesprecherin auf dem linken Bildschirm.

»Bundeskanzlerin Faber ist heute krankheitsbedingt leider nicht selbst anwesend. Stattdessen vertritt sie der Außenminister und Vizekanzler Hendrik Schaaf.«

Sie hatte mit einer Reaktion im Saal gerechnet, aber alles blieb ruhig, während Hendrik ans Mikrofon trat. Aus dem Augenwinkel sah sie, wie die Zahl der Tweets zu #diezukunftistorange nach oben schnellte.

»Sehr verehrte Vertreter*innen der Presse«, begann Hendrik, »herzlichen Dank für Ihre Anwesenheit. Ich werde eine Erklärung der Regierung zum weiteren Vorgehen in der Zusammenarbeit mit den demokratischen und liberalen Staaten der USA vorlesen und anschließend einige Fragen beantworten. Bitte haben Sie Verständnis dafür, dass einige Antworten auf die Rückkehr der Bundeskanzlerin warten müssen. Hier nun die Regierungserklärung. Wir, die Regierung der Bundesrepublik Deutschland unter Vorsitz der Bundeskanzlerin Rebekka Faber, erklären, die demokratischen und liberalen Staaten der USA unter Führung der Bundesstaaten New York und Seattle wie die Vorgängerregierung zu unterstützen und Ihnen weiterhin wirtschaftliche und militärische Hilfe zukommen zu lassen. Wir unterstützen den Kampf für Menschenrechte und sehen ihn als gleichwertig im Kampf für die Planetenrechte an. Wir stehen an der Seite der demokratischen und liberalen Staaten und wünschen uns ein zügiges Ende des Bürgerkriegs, um die wichtigen klimatischen Probleme der Menschheit weiterhin priorisieren zu können.«

Hendrik räusperte sich und reichte sein Papier an die Pressesprecherin neben ihm weiter. Im Publikum wurden die Arme hochgerissen, alle hatten Fragen. Als erste natürlich Sabine Sturm.

»Meine Frage lautet: Wie ist das mit der Friedenspolitik Ihrer Partei vereinbar, wo werden Sie die Grenze ziehen, wer verdient an den Waffenlieferungen, und wo ist die Bundeskanzlerin?«

»Oh, das waren ja gleich vier Fragen. Ich habe mir leider nur die letzte gemerkt. Die Bundeskanzlerin schont sich heute. Die nächste Frage bitte.«

Rebekka lächelte. Hendrik war einfach top in so etwas. Sie selbst wäre brav auf die blöden Fragen eingegangen. Hendrik hatte das im Griff. Also konnte sie einen Blick auf X werfen. Ein neuer Hashtag trendete: #heilfaber. Sie klickte drauf und sah direkt, dass sie das besser hätte lassen sollen. Ein Meme, das sie als Hitler zeigte, ein Tweet, in dem ihr vorgeworfen wurde, Unschuldige zu töten – im Krieg und durch die Untätigkeit in der Klimakrise. Sie wusste, sie sollte das nicht lesen, doch sie scrollte weiter. Sie las sich gerade durch einen Thread, der ihre angeblichen Verbindungen zur Waffenindustrie aufschlüsselte, als ein Knall ertönte. Sie drehte sich um. Die Kamera war aufs Publikum gerichtet, dann wurde das Bild schwarz. Rebekka sprang auf und rannte zur Tür. Einer der Personenschützer stellte sich vor den Ausgang.

Elvie schaute sie an und schüttelte den Kopf. »Du kannst da draußen nichts machen. Bleib bitte hier.«

Rebekka schaute zu Elvie, zum schwarzen Monitor, zum Ausgang.

Elvie hatte Recht. Sie konnte nichts tun.

VI

Elvie saß auf dem Sofa in Rebekkas Wohnung und zählte in stoischer Ruhe alle Optionen und die möglichen Folgen auf. Seit dem Anschlag verließ Rebekka das Haus kaum noch, erledigte viele Regierungsgeschäfte per Video-Übertragung und ließ nur ihre engsten Vertrauten zu sich kommen. Elvie blieb fast die ganze Zeit bei ihr und sorgte dafür, dass Rebekka nicht ausflippte oder in Schuldgefühlen versank.

»Es ist jetzt mehr denn je wichtig, dass wir uns stark und konsequent zeigen. Wir wollen nicht einknicken – aber wir wollen auch nicht, dass Hendrik umsonst gestorben ist.«

Rebekka hörte kaum zu, nickte hin und wieder und dachte nur daran, dass Hendrik an ihrer Stelle gestorben war. Dass sie es war, die die Entscheidungen getroffen hatte, die den Hass von 5past12 entfacht hatte, weil sie ihr nicht verzeihen konnten.

»Es ist nun zwei Wochen her, Rebekka. Es wird Zeit, dass du wieder irgendetwas tust.«

»Ich tu doch was, ich mache einfach weiter«, sagte Rebekka.

»Ja. Das ist Teil des Problems. Einfach weitermachen ist dasselbe wie einfach geschehen lassen. Es ist ein Anschlag passiert, und die Reaktion aus der Bevölkerung ist, dass die meisten verstehen, warum er passiert ist. Nicht, dass sie ihn gutheißen – aber sie denken, du hast deine Ziele verraten. Hast die Menschen verraten. Und sie wünschen sich von dir eine Kursänderung.«

»Ich wünsch mir auch so einiges«, gab Rebekka zurück. Elvie ignorierte sie.

»Ich habe einen Termin vereinbart. Flipp nicht gleich aus. Du solltest dir nur mal anhören, was er zu sagen hat. Er ist eh gerade in Europa und möchte dir auch persönlich sein Bedauern ausdrücken. Und es wäre ein politischer Affront, das abzulehnen.«

Rebekka hatte zunächst nicht richtig zugehört, aber nun dämmerte ihr, von wem Elvie sprach.

»Das hast du nicht gemacht!«, rief sie. »Du hast Quinn eingeladen? Spinnst du eigentlich?«

Elvie war wie immer ganz ruhig. »Er ist genauso Gouverneur wie Fremon und Driver. Und ein wichtiger noch dazu. Als Gouverneur von Texas vertritt er immerhin fast die Hälfte der US-amerikanischen Staaten. Du kannst schlecht ablehnen, wenn er dich treffen will. Außerdem«, Elvie zögerte einen Moment, »ist es dafür ohnehin zu spät. Er ist schon unterwegs.«

»Hierhin?«, Rebekka war fassungslos. »In meine Privatwohnung? Das ist wirklich das Letzte. Und wann soll er kommen?«

Die Geräusche vor der Tür ersparten Elvie die Antwort.

VII

Es war eine ganze Delegation gewesen. Quinn, der texanische Gouverneur, und drei seiner Regierungsvertreter. Außerdem zwei Manager aus Rüstungsunternehmen, deren Namen sich Rebekka nicht gemerkt hatte. Das Treffen war freundlich gewesen, fast schon zu freundlich. Quinn hatte ihr das Blaue vom Himmel versprochen, hatte die sofortige Senkung des CO_2-Ausstoßes in Aussicht gestellt, einen klugen und ausgefeilten Maßnahmenkatalog präsentiert, der ehrgeizig, aber realistisch schien. Die Unternehmensvertreter hatten sich bereiterklärt, aus den Verträgen auszusteigen, ohne Strafzahlungen zu verlangen, auf die sie eigentlich Anspruch hätten. Im Gegenzug wollten sie einen Platz im Klimarat, legten aber ebenfalls durchdachte Maßnahmen vor, die sie beisteuern wollten. Es klang zu gut, um wahr zu sein.

»Wir erreichen alles, was wir uns vorgenommen haben«, sagte Elvie.

»Ja. Und über kurz oder lang sind Frauen in den USA nicht mehr sicher. Dürfen nicht mehr über ihre Körper bestimmen. Vielleicht demnächst nicht mehr wählen, ohne ihre Männer zu fragen. Von trans Menschen und Homosexuellen müssen wir da gar nicht erst anfangen. Oder von

PoC. All die Arbeit der letzten Jahrzehnte wäre umsonst.«

»Ja, alles schrecklich. Nur, wenn wir nichts unternehmen, kann bald niemand mehr wählen. Weil es nichts mehr zu wählen gibt. Wir wussten das, als wir angetreten sind. Und Politik bedeutet immer auch, Kompromisse zu machen und Lösungen zu finden, die einen ans Ziel bringen. Und manchmal heißt es auch, die Person zu sein, die alle hassen, weil man das tut, was notwendig ist.«

Rebekka wusste, dass Elvie zumindest mit dem letzten Satz Recht hatte. Trotzdem schüttelte sie den Kopf. »Hendrik hätte dem nie zugestimmt.«

VIII

Wenn Rebekka morgens an ihrem Fenster stand, blickte sie nicht mehr über die Stadt, sondern nur noch auf das Display ihres Telefons. Hendrik hätte sie davon abgehalten, Elvie versuchte es nicht einmal. Die Presse hatte sich auf sie eingeschossen. Wirtschaftsbosse warfen ihr vor, dass sie den Wohlstand des Landes verzocke, Klima-Aktivist*innen gossen ihre Enttäuschung in Form von Tweets und Memes über sie aus, Menschen, die für den Frieden waren, attackierten sie wegen der Waffenlieferungen. Und dann gab es noch die, die einfach gegen sie waren, weil sie jung, eine Frau und mächtig war. Das Schlimmste aber war, dass Elvie sich von ihr entfernte. Natürlich standen beide immer noch auf derselben Seite, aber Elvie war offensichtlich beleidigt, dass Rebekka sich einfach durchgesetzt, ihre Macht genutzt und Elvies Rat ausgeschlagen hatte. Und

Rebekka fühlte sich ja selbst, als hätte sie die eigenen Ziele verraten. Nur: Wie sollte sie dieses Dilemma lösen? Einen Kompromiss musste es in jedem Fall geben, und das hieß einfach, dass ihre Lösung den meisten nicht gefallen würde.

Rebekkas Telefon vibrierte und zeigte eine Nachricht von Elvie an: »Die Sturm will ein Interview mit dir haben. Exklusiv im Fernsehen. Soll ich gleich absagen oder willst du zumindest das Vorgespräch machen?«

Rebekka hatte keine Lust, mit dieser Frau zu reden, hatte keine Lust, überhaupt mit irgendwem zu sprechen. Aber sie konnte ja nicht einfach das Spielfeld verlassen und den anderen sagen, sie sollen mal ohne sie weitermachen. »Vorgespräch ok. Gerne heute«, schrieb sie zurück, worauf sie von Elvie ein Daumen-hoch-Zeichen zurückbekam.

Immerhin musste sie die Moderatorin nicht in ihrer eigenen Wohnung empfangen. Stattdessen hatte Sturm ihr vorgeschlagen, das Vorgespräch im Büro von Sturms Mann zu führen – »weil es dort etwas ruhiger ist«. Elvie begleitete sie im Auto, blieb dann aber unten. Als Rebekka das Büro betrat, staunte sie über die anwesenden Personen, aber nur einen kurzen Augenblick. Sturms Ehemann war natürlich anwesend. Daneben ein anderer Mann im grauen Anzug, den Rebekka noch nie gesehen hatte. Sturm selbst war nicht da.

»Wir kennen uns noch gar nicht persönlich. Ich bin Martin Lohner, der Ehemann von Sabine Sturm. Entschuldigen Sie diese kleine Finte. Und seien Sie meiner Frau bitte nicht böse, sie ist ein großer Fan Ihrer Arbeit.«

Rebekka sagte nichts, schaute den anderen Mann an.

»Das ist Marc Ross, und er ist die Lösung, nach der Sie wahrscheinlich suchen.«

Ross stand auf, schüttelte Rebekka die Hand und sagte mit breitem amerikanischem Akzent: »Freut mich sehr, Sie endlich kennenzulernen.«

Lohner übernahm das Gespräch wieder. »Sie befinden sich in einem Dilemma, und ich möchte Ihnen gerne helfen. Mister Ross ist ein sehr kompromiss- und lösungsorientierter Mensch. Wäre er an der richtigen Stelle, könnte er Entscheidungen treffen, die den Bürgerkrieg beenden und den Fokus der Menschheit wieder auf wichtigere Themen lenken könnten. Alles, was er dafür braucht, ist Ihre Unterstützung.«

Rebekkas Telefon vibrierte. Elvie. Keine Zeit, kein Interesse.

»Und was wäre die richtige Stelle?«

Lohner lächelte breit. »Sagen wir, wenn er Gouverneur von New York wäre, hätte er genügend Handlungsspielräume. Seine guten Kontakte nach Texas und in die Wirtschaft könnten außerdem dafür sorgen, dass alles schnell und reibungslos ablaufen wird. Kein Krieg mehr, keine Waffenlieferungen, keine unnötigen Probleme.«

»Im nächsten Jahr sind Wahlen, da kann er's ja probieren.«

»Sehen Sie, das könnte zu spät sein, Frau Faber. Wir wollen ja nicht noch mehr Zeit verschwenden. Wenn Sie Fremon auffordern könnten, jetzt Neuwahlen einzuleiten, und wenn Sie dann während der Neu-Wahlen für Ross eintreten würden – dann könnten wir ganz einfach den Rest übernehmen.

Das Handy vibrierte wieder. »Und was haben Sie davon?«

»Ach, wissen Sie, Krieg tut unseren Geschäften auch nicht gut. Der Rüstungsindustrie, ja, aber das sind ja keine nachhaltigen Geschäftsmodelle. Alles andere bricht ein – und Ross hat sich bereiterklärt, dafür zu sorgen, dass die USA wieder Importe in großem Stil aufnehmen werden. Sie können also nur gewinnen.«

Ross lächelte und nickte an den richtigen Stellen wie eine Bauchrednerpuppe.

Wieder vibrierte das Telefon, und Rebekka drückte den Anruf weg. Lange würde das hier sowieso nicht mehr laufen.

»Danke, aber nein, danke«, sagte sie. »Die Wahlen sind im nächsten Herbst, da müssen wir jetzt drauf warten. Fremon macht einen guten Job. Ich würde unsere Beziehung gefährden, wenn ich ihn so hintergehe. Machen Sie Wahlkampf, sorgen Sie dafür, dass irgendwer Ihren Kandidaten kennt. Dann wird das vielleicht etwas.«

Sie wandte sich zum Gehen.

»In Ordnung, überlegen Sie es sich erst einmal in Ruhe«, rief Lohner ihr im Gehen nach. »Wir bleiben ganz einfach in Kontakt.«

Vor der Tür vibrierte das Telefon wieder, und Rebekka antwortete genervt.

»Was, Elvie?«

»Es gab einen weiteren Anschlag.«

Rebekka brauchte einen Moment, um zu verstehen, was Elvie ihr da mitgeteilt hatte.

»Was? Wer?«

»Fremon. Der Gouverneur von New York ist erschossen worden.«

IX

Sie hatte gedacht, sie wüsste, was Druck ist, aber sie hatte ja keine Ahnung gehabt. Plötzlich war X egal, waren Memes egal, plötzlich musste sie eine Lösung für ein noch unlösbareres Dilemma finden. Elvie war ruhig wie immer, inhaltlich aber keine Hilfe. Also musste ein Ersatz für Hendrik her. Elvie hatte eine gute Idee gehabt, und tatsächlich war Karl bereit gewesen, den Posten temporär zu übernehmen. Als freier Berater der Regierung, sein Gehalt sollte an eine Klimaschutzorganisation gespendet werden. Rebekka war's egal, immerhin konnten sie so seine Gruppierung schon mal mit ins Boot holen.

»Für große Probleme gibt's keine kleinen Lösungen«, sagte Karl jetzt. »Du musst grundsätzlich einschreiten, auch harte Entscheidungen treffen. Denk an dein Wahlversprechen: Planetenrechte sind wichtiger als Menschenrechte. Denn ohne Planetenrechte gibt's bald keine Menschen mehr.«

»Was schlägst du vor?« Rebekka war schon nach wenigen Tagen genervt von Karls ständigen Demoplakat-Sprüchen. Ein normales Gespräch war kaum möglich mit ihm.

»Wenn wir konsequent zu Ende denken, was dieser Planet braucht, dann müssen wir alle anderen Probleme ausblenden. Lass sie in den USA machen, was sie wollen. Das ist nicht unser Problem.«

»Und das heißt?«

»Kompletter Boykott. Keinerlei wirtschaftliche oder politische Unterstützung. Bis sie es selbst auf die Reihe bekommen. Danach kannst du weitersehen, wie du sie einbinden kannst. In der Zwischenzeit Konzentration darauf, die Emissionen in Deutschland auf Null zu bekommen. Noch diesen Monat. Abbruch der Kontakte mit allen Ländern, die nicht mitziehen.«

Rebekka hätte gerne gelacht, aber sie wusste, dass es Karl ernst war mit seinem Vorschlag. Und schlimmer noch: Sie wusste, dass er in vielen Punkten Recht hatte.

»Wir können nur das lösen, was wir lösen können. Alles andere kostet uns nur Zeit und Energie«, sagte er.

»Und beides müssen wir sparen«, ergänzte Rebekka, die den 5past12-Spruch noch gut kannte.

»Was ist mit Ross? Er wird kandidieren und die demokratischen und liberalen Staaten an Texas verkaufen. Das können wir doch nicht zulassen. Das bedeutet nichts anderes, als dass wir darauf vertrauen, dass Texas seine Zusagen hält. Was ich nicht glaube.«

»Ohne deine Unterstützung werden die gar nichts machen können. Die Vereinigten Staaten sind ausgehöhlt, erschöpft, und irgendwann wird's auch egal sein, wer dort regiert.«

Rebekka nahm aus dem Augenwinkel war, wie einer der Personenschützer an sein Telefon ging. Das hieß meist nichts Gutes. Sie wollte ihn fragen, was war, hatte aber seinen Namen vergessen. Er war nur selten da, das letzte Mal … Rebekka überlegte. Genau, beim Anschlag auf Hendrik.

Rebekka schob den Gedanken wieder zur Seite, als sie

sah, dass Karl auf sie wartete.

»Was, wenn das nicht klappt?«

»Es klappt doch sowieso nichts«, sagte Karl. »Dann können wir auch gleich das Richtige tun.«

X

Sie hatte fast vergessen, dass sie ein Festnetztelefon besaß, denn niemand rief sie je dort an. Außer jetzt. Rebekka schaute von ihrem Laptop auf, dachte, dass Elvie vielleicht rangehen könnte oder Karl, der in letzter Zeit auch öfter bei ihr blieb. Aber niemand war da. Nicht mal der Personenschutz. Rebekka stand auf und ging zum Regal, aus dem es klingelte.

»Hallo?«

»Ja, Lohner hier. Ich habe gehört, dass Sie die USA in Gänze blockieren wollen. Das ist doch Quatsch. Jetzt mal unter uns: Wenn Sie die Klimaziele dieses Jahr nicht erreichen, sind Sie sowieso weg vom Fenster. Die Proteste erstarken ja jetzt schon. Und die Klimaziele erreichen Sie nur, wenn Sie die globale Unterstützung dafür haben. Was will Deutschland denn alleine ausrichten? Das ist doch ein Tropfen auf den heißen Stein.«

»Woher haben Sie diese Nummer?«

»Also, ich sage Ihnen, ich habe Ihnen was vorbereitet, das wird Ihre Probleme lösen. Ross steht in den Startlöchern, und wenn Sie ihn empfehlen, wird er sicher gewinnen. New York schaut auf Sie, weil Sie als neue Hoffnung der Welt gelten: jung, ehrlich, nicht korrumpierbar. Und noch etwas: Sie brauchen Geld für Ihre Ziele. Und Reichweite. Wie wollen Sie Forschung finanzieren? Wie wollen Sie die Menschen abholen? Ich kann Ihnen beides bieten. Meine Frau macht eine exklusive Interview-Reihe mit Ihnen, eine Sondersendung, schreibt ein Buch über Sie, was weiß ich. Und ich werde aus meinem Zukunftsfonds und über meine Partner Gelder locker machen, die Ihnen dabei helfen, die Wissenschaft zu finanzieren. Alles, was ich brauche, ist eine schriftliche Empfehlung von Ihnen. Eine Freigabe, dass wir Ihren Namen nutzen dürfen, um Ross zu installieren. Kostet Sie nichts, und bringt der Menschheit sehr viel. Was sagen Sie?«

Rebekka sah auf. Sah in der Tür den Personenschützer mit der Narbe und verstand. Er ging zwei Schritte auf sie zu und streckte ihr eine Mappe und einen Stift entgegen.

Rebekka griff danach.

GROSSVATER ERMORDEN

von Josef Kraus

Verachtung. Er spürte in jedem Blick, bei jeder Berührung, er spürte sie deutlich im Nacken und auf der Haut. Er war hier eingeladen und blieb gleichzeitig unerwünscht. Das ging ihm überall so. Manchmal sah er in ihren Gesichtern auch eine Form des Erstaunens, als würde sich ein Verbrechen am helllichten Tag abspielen.

Er nahm seinen Platz im Konferenzraum ein und betrachtete die großzügigen Fensterflächen, suchte in den Reflexionen nach den fremden Blicken. Es war seine Gewohnheit zu schauen, ob ihn heimlich jemand taxierte, wie eine Wette, die er immer gewann.

Er war schon immer ein Gegenstand der Beobachtung gewesen. Dabei waren sie ihm selbst so fremd wie die exotischsten Dinge, die er sich vorstellen konnte. Eine Vielzahl von Evolutionen bediente sich aus einem schier unerschöpflichen Topf an Möglichkeiten. Eine Clownerie von Lebewesen. Und trotzdem sahen sie gerade ihn an, pausierten jede Unterhaltung und ließen ihn zu keiner Zeit vergessen, dass er ein Wilder unter Zivilisierten war. Es war unnötig, ihn ständig daran zu erinnern. Er wusste das selbst am besten.

Trotzdem war es immer wieder wie ein Schlag ins Gesicht, immer wieder auf die gleiche Stelle, bis jede Empfindung taub wurde. Erschwerend kam hinzu, dass er so etwas wie Stolz fühlen konnte und dieses Gefühl stark unterdrücken musste. Die Realität war ein Alptraum, aus dem er nicht mehr aufwachen konnte.

Natürlich wurden alle politischen Konventionen eingehalten. Höflich waren sie zu ihm. Aber es gab keinen Zweifel an ihrem wahren Denken. Er musste nicht erst paranoid werden, um das zu spüren. Sicherlich, so dachte er, hatten sie danach ihren Kindern eine hübsche Geschichte zu erzählen, eine böse, abschreckende Dichtung, wie man sie manchmal vortrug, um den Jüngsten Angst zu machen. Er malte sich aus, wie sie ihn in ihrem Bericht boshafter und teuflischer machten, als er in Wahrheit war. Diese verdammten Märchenerzähler, dachte er und spürte, wie die Wut auf kleiner Flamme in ihm aufkochte. Aber seine Art hatte in den vielen Jahrhunderten gelernt, sich zu zügeln. Er ermahnte sich und versuchte, seine Meinung zu revidieren. War nicht auch etwas Gutes dran, solche Märchen zu erzählen? Sie taten es für einen edlen Zweck. Denn es gab schauerliche Dinge da draußen, und man konnte nicht früh genug anfangen, die junge Generation zu unterrichten.

»Bleiben Sie noch zum Kulturaustausch, Kanzler?« fragte ihn eines der Wesen.

»Nein, ich muss leider in Kürze zur Heimatwelt abreisen.« Er wusste es noch nicht, aber das war die einzige Unterhaltung, die er auf dieser Konferenz führen würde.

Lichtjahre für nichts. Wieso hatte er die Reise unternommen? Aus diplomatischem Pflichtgefühl? Meinte er etwa, der Moment der Vergebung könnte sich nähern? Wollte er sich vorauseilend in der ersten Reihe befinden, wenn es mit der Vergebung soweit war? Konnte er für dieses kleine Privileg jede Erniedrigung ertragen? Er ärgerte sich maßlos über seine eigene Naivität, schnaubte wütend über seine Träumereien. Dann kontrollierte er sich wieder, nahm das Mittel, das seine Wut dämpfte, und hörte den anderen Wesen noch eine Weile zu. Eine weitere Interaktion ergab keinen Sinn. Sie mussten endlich einsehen, dass es für sie nur noch eine Innenpolitik gab. Der Kontakt zu den anderen Welten war auf das Mindeste zu beschränken.

Neue Handelsrouten zwischen den Welten waren nun auf der Agenda. Das betraf seine Spezies nicht. Wo er herkam, wohnten Drachen, so lautete das allgemeine Verständnis. Keiner verirrte sich dorthin.

Und warum auch? Seine Vorfahren hatten alles zerstört. Ein paar Zivilisationen in Reichweite wurden in den Strudel der Vernichtung mitgerissen. Aber besonders gründlich waren sie mit sich selbst umgegangen. Er beendete die Übersetzung, die ihm in Echtzeit ins Ohr flüsterte. Einen Moment nach Luft schnappen, den aufkommenden Zorn kontrollieren. Das war eigentlich alles, was er wollte.

Er stand auf und verließ den Konferenzsaal. Wieder waren Hunderte Augen auf ihn gerichtet. Aber er ignorierte das, denn ein neuer Gedanke erfüllte ihn. Diese Luft hier konnte er atmen. Er fand einen Balkon und ging durch die vorgeschaltete Schleuse mit den üblichen Warnhinweisen zu den Eigenheiten dieser Atmosphäre. Das musste man nicht ernst nehmen. Seine körperliche Kompatibilität zu dieser Welt hatte er schon auf der Reise geprüft. Er war sowieso mit den meisten Welten kompatibel, konnte viele Gase und Stoffe problemlos atmen und kam mit beinahe jeder Schwerkraft zurecht. Es musste schon infernalisch zugehen, wenn sein robustes Körpersystem nicht mehr ausreichte. Daher dachten früher die Ahnen, dass ihre Spezies der geborene Eroberer dieser Galaxie war. Die jetzige Situation war dieser Arroganz zum Teil geschuldet. Zischend ging die Außentür der Schleuse auf, und er trat heraus. Zum ersten Mal seit Langem fühlte er sich befreit und entspannt. Er betrachtete die weiße Zwergsonne dieses Planeten. Ein grauer Tumor, der fahles Licht spendete, es missfiel ihm. Dann nahm er die Luft auf, schmeckte sie und atmete sie aus. Die Luft war gut. Das hatte er nicht erwartet.

Er hasste die interstellaren Lebewesen nicht, die ihn immerfort beobachteten, als käme er aus einem Zoo. Er konnte es verstehen. Für sie kam er aus einer unmöglichen Welt. Sie hatten Jahrhunderte und Jahrtausende in Frieden gelebt. Wie er sich schämte. Für seinesgleichen. Und dann wieder ein Moment des trotzigen Aufbäumens. Was bürdete er sich da auf? Für nichts waren sie verantwortlich.

Warum sollte seine Generation sich für etwas schämen, was andere getan hatten? Das Pech einer verruchten Herkunft. Er war in diesen unverdienten Zustand hineingeboren worden. Den leblosen Heimatplaneten hatten sie von den Vorfahren überreicht bekommen. Die Reputation auch.

Er ging wieder ins Gebäude und suchte eine Einzelkammer auf. Er schloss die Tür mit seinem Besucherausweis auf und schaltete den künstlichen Gravitationsausgleicher aus. Er wollte die echte und unverfälschte Schwerkraft spüren. Er brauchte den Sog der Mutterkraft, die Last nach unten, um sich wieder gesichert zu fühlen. Er würde hier sonst keinen gescheiten Beitrag leisten können. Doch die Gravitation auf diesem Planeten wirkte wie ein Kinderspielzeug auf ihn. Es war ihm, als wäre er auf einem der Monde in der Heimatwelt. Er könnte hier wie ein Gott über jedes Gebäude springen und alles zermalmen. Doch er sehnte sich nicht nach Allmacht, er wollte sich nicht wie ein Gott fühlen. Er wollte sich eindrücken lassen, kein Zermalmer sein, sondern Zermalmter. Manchmal träumte er, sich willentlich in ein schwarzes Loch fallen zu lassen und zu einem unendlich langen Faden auseinandergezogen zu werden. Zu enden und gleichzeitig niemals zu enden wie ein in alle Ewigkeiten langgezogener Wurm, hinein in den Schoß. Das war für ihn ein Abgang mit Stil. Und der ganze Rest an Materie nach ihm kam noch als Ballast oben drauf. So lag er da und träumte von seinem glücklichen Tod.

Es würde so nicht weitergehen. So wie er empfanden viele aus seinem Volk. Sie brauchten wieder einen Planeten. Nicht irgendeinen Felskörper, sondern ihren Heimatplaneten, den richtigen, den originalen mit seiner für sie austarierten Schwerkraft und mit seinen ammoniakgetränkten Winden. Niemand konnte ahnen, wie tief die Wunde war, wie sehr sie die alte Heimat vermissten. Mehr noch als jede Blume und jeden Fluss.

Sie hatten sich auf einigen der Monde der Heimatwelt angesiedelt. Über zweihundert gab es rund um den massiven Planeten, der im Laufe der Zeiten viele vorbeifliegende Körper eingefangen hatte. Manchmal, alle paar Jahrzehnte, schien es, obwohl es statistisch deutlich unwahrscheinlicher zu sein hatte, krachte einer der Monde in einen anderen. Vor solchen Ereignissen mussten sie sich gut wappnen, aber andere Bedrohungen kannten sie nicht. Sie lebten ein gutes und bequemes Leben. Ihr technischer Fortschritt ermöglichte ihnen ein komfortables Bewohnen der Monde, ganze Städte wurden in die Krater gebaut und mit modernsten Mitteln die Schwerkraft künstlich auf ein Normalmaß erhöht. Paradiesische Zustände im Vergleich zum Planeten, um den die Monde kreisten. Dorthin konnte niemand mehr zurück. Mehrfach und ausgiebig hatten die Ahnen ihn in ihren Bürgerkriegen verseucht und alles Leben aus ihm getrieben. Zum ersten Mal im ersten großen Krieg. Und dann sogar noch mal gründlicher im zweiten. Den zweiten Krieg, so vermutete er, den konnten die anderen Rassen insgeheim weder verstehen noch verzeihen.

Es war ja nicht so, als würde man die Gründe für einen Bürgerkrieg nicht nachvollziehen können. Im Gegenteil, jede Rasse verstand, dass auf dem Weg zu einer modernen und friedliebenden Zivilisation eine Menge gewaltsame Konflikte überwunden werden mussten. Viele hatten ähnliche Ereignisse in ihrer Geschichte vorzuweisen. Der Unterschied war, dass die meisten Völker die eigene Auslöschung vermeiden konnten. Wie ein unsichtbarer Bremshebel wirkte der Wille zum Überleben der Spezies, stoppte die hochkochenden Emotionen und den Hass und setzte sich immer durch. Vielleicht starben Millionen, bis dieser Mechanismus erst richtig einsetzte, aber er wirkte immer. Dass diese korrigierende Vernunft auch einmal ausfallen konnte, war nachvollziehbar. Daher verziehen ihnen die Völker den mörderischen ersten Krieg. Aber den zweiten, noch drastischeren, den verstanden sie nicht.

Nachdem der Planet bereits eine radioaktive Wüste war, nach den Anstrengungen und den Plänen, die Welt erneut aufzurichten, entfesselte sein Volk einen zweiten Bürgerkrieg. Sie zündeten über dem kümmerlichen Rest des Planeten erneut die Bomben, diesmal bessere, in dem Versuch, sich vollständig auszulöschen. Damit hatten sie ihren Rang als vernünftige Partner und rationale Lebewesen in den Augen der anderen Wesen verloren. Er selbst, als Angehöriger dieses Volkes und von der Natur mit der gleichen Schwäche für die Wut ausgestattet, verstand es nicht.

Für eine Rettung des Planeten bestand schon nach dem ersten Krieg nur eine kleine Chance. Die rechtzeitige Besiedlung der vielen Monde war ein Segen, der ihr Überleben sicherte. Der zweite Krieg, der insgesamt nur wenige Tage dauerte, hatte diesen Traum ein für alle Mal zu den Akten gelegt. Durch diesen Krieg waren sie bekannt. Eingestampft für alle Zeiten, zerdrückt, in wildem Plasmafeuer verdampft, dass nicht mal die Asche übrigblieb, das war ihr Planet. Was sie an Angriffswaffen übrig hatten, schickten sie auch den Nachbarsystemen, als könnte man gleich offene Rechnungen begleichen, wenn man schon dabei war. Gammablitze der gezündeten Bomben verkündeten in alle Richtungen, was hier passiert war. Wie schreckliche Jahresringe breiteten sie sich mit Lichtgeschwindigkeit im Universum aus und machten begreifbar, mit wem man es hier zu tun hatte.

Sie waren fortan die Barbaren des Sektors, bereit, Welten zu vernichten, bar jeder Verantwortung. Selbst die Gerissenen, die Betrüger und die Lügner unter den Völkern trauten ihnen nicht. Sie waren in den Augen der Fremden der psychopathische, zerstörerische, suizidale Wilde aus der Nachbarschaft, der es irgendwie geschafft hatte, seine Faustkeile und Speere abzulegen und unvorstellbarer Waffen Herr zu werden, die nie für ihn gedacht gewesen waren. Und der zweite Krieg, der alle Gebirgsketten auf ihrer Welt plättete und die verseuchten Ozeane für immer verdampfte, war der Höhepunkt ihrer Zivilisation. Seine Generation trat das Erbe an.

Ja, sie beherrschten die Raumfahrt, besser als je zuvor. Unvorstellbare Distanzen wurden zu Katzensprüngen. Alles war möglich geworden. Aber im Grunde waren sie Nomaden, nur in Raumstationen lebend, nur auf Monden wandelnd, ein ödes Leben ohne Ziel. Nach jeder Raumstation erwartete einen nur die nächste. Überall die künstliche Gravitation. Und der Hass der anderen. Kaum eine der benachbarten Welten war ihnen noch freundlich gesinnt. Gerade diejenigen Nachbarwelten, die sie ohne Gründe zur Zeit des zweiten Krieges bombardiert hatten, wurden ihre ewigen Feinde. Grundlos war vielleicht falsch, es gab einen Grund. Er spürte es unter dem chemischen Mantel des Unterdrückerstoffes, der seine Wut dämmte. Er musste vielleicht tief graben, aber da war es, diese Wut in seinem Innersten, dieser unaussprechliche Drang, alles brennen zu sehen. Das Gefühl, dass nichts im Leben Erlösung brachte und nur der Tod der Ausschaltknopf für die gesamte Farce sein konnte. Das kannte er gut. Für diese Emotionen waren sie bekannt und die Ursachen waren gut erforscht, sowohl von fremden, als auch von ihren eigenen Forschern. Sie tadelten sich immer für solche Gedanken, versuchten nicht, tief zu graben, aber diese zerstörerischen Instinkte ganz abtun konnte man nicht. Sie waren ein Teil ihrer Persönlichkeit. Sie hatten also ihre Gründe gehabt, unbeteiligte Welten zu vernichten. Es war ein schwacher Trost für die betroffenen Nachbarn, dass sie die schlimmsten Waffen für sich selbst aufgespart hatten.

Er wusste, dass seine Spezies ein Wutproblem hatte. Er selbst wurde bei den unbedeutendsten Kleinigkeiten wütend. Maßlos wütend, mit dem sprichwörtlichen Schaum, der einem vor dem Mund heraufzieht. Die Wut konnte so allmächtig werden, dass sie alle Funktionen des denkenden Ichs überlagerte und die Ratio vom Hof jagte. Das konnte Stunden gehen, bis es sich wieder legte. Das lag in seiner Natur, dafür konnte er nichts. Mit viel Übung, Technik und Drogen hatten sie das Uhrwerk der Evolution schon vor Jahrhunderten überlistet und die angeborene Wut unterdrückt. In Innovation und Forschungsdrang sublimiert, hatten sie die besten Wissenschaftler. Technologisch waren sie schon immer weit vorne gewesen. Vor den Vernichtungskriegen waren sie vollwertige Mitglieder

der Sitzung der Vereinten Raumfahrenden Rassen. Er war davon überzeugt, dass ihre Geschichte ohne die beiden Makel eine positivere Wendung genommen hätte. Ganze 95 % ihrer Bevölkerung wurden ausgelöscht. Darunter waren ihre Besten. Mit dem Rest musste er sich nun herumschlagen. Alles Schlechte, das ihnen widerfuhr, waren die Kriege schuld. Das Ausrufezeichen ihrer Geschichte schien zeigen zu wollen, dass es nicht möglich war, der eigenen Vorbestimmung zu entfliehen. Aber man könnte vielleicht doch, dachte er.

Das mit der Zeitmaschine war ein perfektes Geheimnis. Nur wenige ausgewählte Führungspersönlichkeiten seiner Zivilisation wussten über den Durchbruch Bescheid. Eine enorme Erfindung. Wieder hatten die Wilden ihre Hieb- und Stichwaffen gegen etwas Besseres ausgetauscht, schmunzelte er. Aber waren sie die einzigen mit solchen Möglichkeiten? Wer wusste schon, ob nicht irgendwo anders im Universum jemand eine solche Maschine je gebaut hatte? Die Chancen dafür standen gut, sagte der Direktor ihnen. Aber das war erst mal weniger relevant. Sie hatten die Wahrscheinlichkeit berechnet, dass eine der anderen Rassen im Umkreis von 300 Lichtjahren einen ähnlichen Fortschritt erzielt hatte oder in näherer Zukunft erreichen könnte. Diese Wahrscheinlichkeit war gleich Null, sagte der Direktor. Das war die wichtige Information. Und auf den Direktor war Verlass. Er hatte sich noch nie geirrt.

Um die Zeitmaschine gab es im Führungszirkel einen Richtungsstreit. Der Direktor half, konnte beraten, neutrale Ratschläge geben, aber er durfte selbst nicht eingreifen oder entscheiden. Er war Mitglied im Führungszirkel und ein wichtiger Partner, eine Art interepochaler Begleiter ihrer Zivilisation und ihr kulturelles und politisches Erinnerungsvermögen. Ihr Historiker. Er lebte schon so lange, dass er die Kriege miterlebt hatte. Aber entscheiden durfte er nichts. Der politische Anführer, der auf Lebenszeit gewählt wurde, hatte diese Dinge zu entscheiden. Er war dieser Anführer, er war der Kanzler. Während er in der Kammer auf dem Boden lag und die sanfte Schwerkraft genoss, dachte er darüber nach, welche Optionen auf dem Tisch lagen. Zivilisatorisch verantwortliches Handeln wäre es, die anderen raumfahrenden Nationen von der bahnbrechenden Erfindung der Zeitmaschine zu unterrichten und die nächsten Schritte gemeinsam zu planen. Wenige Politiker und einige der Wissenschaftler vertraten diese Auffassung. Diese Option war schnell vom Tisch. Seine Art war anderen Rassen gegenüber misstrauisch und glaubte nicht an die Solidarität der Welten. Zumal sie militärisch nicht mehr so stark waren, wie es früher der Fall gewesen war.

»Macht euch nichts vor. Die Zeitmaschine wird von jeder anderen Zivilisation als absolute Waffe wahrgenommen. Die anderen Welten werden nicht erlauben, dass eine solche Erfindung in unseren Händen bleibt. Sie werden uns angreifen oder zumindest mit List versuchen, an die Baupläne zu kommen«, hatte der Direktor erklärt. Einem koordinierten Angriff der großen Welten auf die Monde würden sie nicht lange Stand halten. Damit war die kooperative Handlungsvariante vom Tisch.

Eine andere Option war es, die Maschine nicht zu nutzen und mit allen Forschungsspuren zu vernichten. Auch das wäre verantwortliches Handeln gewesen. Aber das wollte er in keinem Fall anordnen, zu nützlich erschien es ihm, die Gegenwart zu manipulieren. Er wollte nicht als der dilettantische Anführer in die Geschichte eingehen, der willentlich auf ein solches Instrument der Macht verzichtet hatte. Und womit wäre es ihm gedankt gewesen?

Die letzte Option war, die Maschine für das zu nutzen, für das sie erfunden worden war. Aber sie standen noch vor einem ersten echten Versuch. Und die Risiken waren groß, da die echten Auswirkungen unbekannt waren. Das Ganze brachte erhebliche Konsequenzen für ihre Existenz mit sich. Es konnte sich sogar auf die Raumzeit und den Rest des Universums auswirken. Es gab ein Restrisiko, dass alles Leben und jede Existenz zerbrechen würden. Jahrzehnte der chemischen Unterdrückung der Wut führten zu einer Veränderung seines Gehirns. Gesamtzivilisatorisches Ideengut und ein Verantwortungsgefühl für das Leben an sich hielten langsam Einzug in seine Gedankenwelt. Er hätte lügen müssen, wenn er behauptet hätte, nicht zumindest ein wenig die Konsequenzen für das Universum zu befürchten.

Auch der Direktor konnte in seiner unermesslichen Weisheit nicht klar sagen, in welche Richtung es gehen würde, wenn man das Gewerk der Zeit so triezen würde. Aber klar war auch: Irgendwo da draußen, tief und weit im Raum, lauerten rechnerisch mehr als eine Handvoll Zivilisationen, die die gleiche Maschine erfunden hatten. Das war beruhigend, denn das Gesetz der Zahlen besagte auch, dass einige Welten die Maschine bereits eingesetzt hatten und auch in Zukunft einsetzen würden. »Und wir existieren immer noch«, hatte der Direktor ihnen begeistert zugerufen. Deshalb war das Risiko einer vollständigen Auslöschung sehr gering. »Außer natürlich, die Auswirkungen einer Zeitreise erreichen uns erst stark verzögert, so wie uns ein Gammablitz oder ein Lichtstrahl erst nach Milliarden von Jahren erreicht«, hatte einer der Wissenschaftler gesagt. Aber der Direktor tat es als Unsinn ab. »So funktioniert das nicht«, hatte er erklärt.

Es gab für sie nur die eine Option: die Zeitmaschine zu nutzen. Wenn der Direktor Recht hatte, hatten sie mit der Maschine einen entscheidenden Vorteil im großen Spiel. Daher lautete die Frage nicht, ob sie genutzt werden sollte. Die alles überlagernde Frage war, was man als Erstes ändern wollte.

Reich waren sie im eigentlichen Sinne. Keiner hatte in ihrer Gemeinschaft etwas zu vermissen, wenn man mal von einem Planeten absah. Gesund waren sie auch, Energie hatten sie ohne Grenzen. Das Leben, ihr Leben, war noch nie so friedlich und ruhig gewesen, zu keiner Zeit in der Vergangenheit war es so erfolgreich und glücklich verlaufen. Es bestand im Gegensatz zu ihrer früheren Geschichte kein Grund, andere Rassen zu unterdrücken und Ressourcen gewaltsam zu nehmen. Andere Planeten waren nicht in der Lage, ihren Heimatplaneten in allen Parametern zufriedenstellend zu ersetzen. Es machte daher auch keinen Sinn, Kriege zu führen und ferne Welten zu erobern. Was sollten Sie auch Dutzende Lichtjahre reisen, um einen Felsbrocken einzunehmen. Es wäre doch nur ein Urlaubsort geworden.

Es gab daher insgesamt keinen Anlass für weitere interstellare Konflikte, außer dass es vielleicht einer entfernten Region seines Gehirns einen Mordsspaß bereiten würde. Eine Riesen-Gamma-Gaudi. Aber sonst war da keine Regung mehr. Sie waren ein friedliches Volk geworden. Es blieb dabei: Das hier war ihr System, das hier ihre beiden Sonnen, und es fehlte nur der entsprechende Planet.

Auf den Monden hatten sie sich auch gut eingerichtet. Sie wurden immer besser in der Beherrschung der künstlichen Gravitation. Wie ein Fetisch beschäftigte sich die Hälfte ihrer Forscher mit den Themen rund um die Schwerkraft. Die Entdeckung der notwendigen mathematischen Formeln für die Beherrschung der Zeit war ein glücklicher Irrtum, entsprungen aus einem Rechenfehler eines Wissenschaftlers aus diesem Zweig.

Er stand auf und schaltete die Gravitationssimulation auf das Maximum ein, legte sich mit seinem ganzen Körper auf den Boden und ließ sich tief in den Flur ziehen. Als würde er dort versinken wie ein lebloser Körper, den ein Sumpf langsam aufnimmt. Der Hersteller des Systems war aus seiner Heimatwelt. Niemand hatte die künstliche Gravitation technisch so gut im Griff wie sein Volk. Es war ihr Exportschlager, dafür waren sie bekannt. Es war das Einzige, das sie exportierten.

Er entspannte sich und achtete auf seinen Körper. Der künstliche Gravitationseindruck, den der hochmoderne Generator herstellte, wäre für die meisten anderen Lebewesen von der originalen Kraft nicht unterscheidbar gewesen. Eine gleich wirkende Schwerkraft war nicht unterscheidbar, dachten viele Fremde. Aber sein Körper hatte mit den Jahrtausenden eine feinste Sensorik aufgebaut, ein magisches inneres Ohr, das hörte, was echt und was falsch war, und es mit inbrünstiger Stimme tief in seinem Innersten verkündete. Dieser versierte Gutachter erzählte ihm, dass diese Schwerkraft falsch war. Es war unwürdig, sich ihr hinzugeben. Und mehr noch: Die einzige Kraft, die würdig war, war die des Heimatplaneten. Aber den konnten sie nie wieder aufrichten. So dachte er, so dachten sie alle bis vor Kurzem.

Und nun hatten sie diese Maschine.

Der Direktor sagte, kryptisch, wie es ein alter Weiser oft tat, dass die Vergangenheit schwieriger zu berechnen war, als die Zukunft. Der Grad der Auswirkung vergangener Geschehnisse auf das Hier und Jetzt war unbekannter als der morgige Tag. Wahrscheinlichkeiten, sein bestes Instrument, zielten nur auf die Zukunft. Der Direktor liebte seine Wahrscheinlichkeiten, doch an dieser Aufgabe scheiterte er. Hier musste er einen chirurgischen Eingriff mit der Zeitmaschine berechnen. Das war ihm selbst unmöglich, ohne die Gesetze der Zeit zu kennen.

Das schreckte einige ab, denn der Direktor wusste normalerweise so gut wie alles, was durch Wissen oder Nachdenken zu erreichbar war. Wenn es möglich war, ein unbekanntes Problem in vielen Jahrhunderten durch bloßes Nachdenken zu lösen, dann konnte der Direktor diese Denkarbeit in wenigen Sekunden erledigen. War er nicht auskunftsfähig, war große Gefahr zu erwarten. Erschwerend kam hinzu, dass sie aus Geheimhaltungsgründen nur ein kleiner Zirkel waren. Im kleinen Kreis hatten sie lange mit den involvierten Wissenschaftlern und dem Direktor gesprochen, bis die Entscheidung am Ende gefallen war: Sie wollten mit der Maschine die Bürgerkriege verhindern, die sie ins Unglück gestürzt hatten. Das war ihm persönlich besonders wichtig. Was dadurch noch alles geändert werden würde, war ihnen allen nicht klar. Aber ein Planet wäre ein Anfang.

Die Geschichte unter all den Risiken völlig umzuschreiben, erforderte Mut und eine gewisse Skrupellosigkeit. Über beides verfügten sie. Zwei Wochen später war es in allen Details entschieden. Das Ziel war so klar wie nie zuvor: Den Planeten retten, die echte Schwerkraft spüren, die Ammoniak-Winde wieder zu riechen, in die zwei Sonnen zu schauen, die ein unversehrter Himmel wie zwei schielende Augen auf einen richtete. Er hoffte, dass sie richtig handelten. Ein altes Gedicht der Vorfahren, das nur noch in den Simulationsarchiven existierte, ging ihm durch den Kopf. Es lautete: »Heimat, dafür sterbe ich, dafür morde ich, dafür erschlag' ich dich.«

Sie wollten viel verändern. Der Direktor hatte vorgeschlagen, mit etwas Kleinem anzufangen. Dann würde er genug Daten haben, um den Rest zu berechnen. So glaubte er. Das kleine Unterfangen war denkbar einfach: Sie würden jemanden durch die Zeit schicken, um etwas zu ändern, was subjektiv für den Zeitreisenden eine große Auswirkung hatte, für alle anderen hoffentlich aber eine kleine. Ein kleiner Gruß aus der Zeitreise-Küche. Dieses Versuchskaninchen, so entschied er, musste er selbst sein, selbst, wenn er im Hier und Jetzt der Kanzler war. Er traute sonst niemandem, auch innerhalb seiner Rasse nicht. Dem

Führungszirkel schon gar nicht. Was war, wenn sich ein anderer nicht an die Abmachungen hielt und in der Vergangenheit mehr änderte? Er könnte plötzlich in einem Alptraum aufwachen. Wenn es so funktionierte, dass man plötzlich in einem neuen Leben aufwachte, wenn jemand die Vergangenheit änderte. Was auch immer passierte, eines war klar: Diese Waffe war zu mächtig, um sie jemand anderem, selbst einem vermeintlich Verbündeten auch nur zeitweise zu überlassen. Nein, er musste es selbst sein, der die Kleinigkeit ausprobieren würde. Und das kleine Unterfangen, von dem der Direktor sprach, das würde ihm auch nicht schwerfallen, dachte er. Welche Änderung im Kleinformat? Der Direktor sagte es ihm. Er sollte seinen eigenen Großvater töten. Mit allen möglichen Konsequenzen, die er erleiden würde.

Der Direktor sagte, dass dieses klassische Problem alle Informationen enthält, die er brauchte, um die Wirkungsweise der Maschine auf die Gegenwart zu erforschen. Entweder es klappte, oder die Natur wehrte sich. Er war selbst als amtierender Kanzler bereit, alle Konsequenzen zu tragen. Auch nicht mehr zu existieren war eine Option. Wie auch immer es ausging, der Direktor musste das Ergebnis kennen, um die Wahrscheinlichkeiten zu berechnen, was zu ändern war, um den Planeten zu retten. Nachdem klar war, dass er selbst in die Maschine steigen würde, hatte der Direktor noch gefragt, ob es ein Problem für ihn war, seinen eigenen Großvater zu töten. Es war kein Problem. Schon seinen Vater hatte er nicht gemocht.

Die politischen Ränkespiele seiner Zivilisation bestanden zur Hälfte aus Mord. Es war auch die einzige Form einer Absichtstötung, die in ihrer Gesellschaft noch einen Platz hatte. Sie wurde durch die Rechtsysteme nicht gesühnt. Denn in ihrer politischen Struktur wurden so gut wie alle Posten auf Lebenszeit vergeben. Da war der Tod des Amtsinhabers oft die einzige Möglichkeit, frühzeitig Platz zu machen. Als Anführer war er der Gefahr eines Anschlags jeden Tag ausgesetzt. Aber auch jeder, der ihm zu nahe kam oder sich dem Verdacht einer Ambition aussetzte, war gefährdet, durch seine Hand zu sterben. Das Rechtssystem war da nicht sehr streng, alles, was im politischen Kontext an Grausamkeiten passierte, war legal. Im Zweifel zögerte er nicht lange und entledigte sich unliebsamer Konkurrenten.

Geschichtlich hatten insbesondere engste Verwandte aufgrund ihrer erleichterten Möglichkeit, in die Nähe von Amtsträgern zu gelangen, oft einen Putsch ausgeführt. Nein, er hatte überhaupt kein Problem damit, ein Familienmitglied zu töten.

Der Kongress war kein Erfolg. Er kehrte zurück. Sein Schiff entfernte sich mit hoher Geschwindigkeit vom Stern. Weder war es ihnen gelungen, neue diplomatische Beziehungen aufzubauen, noch sonst eine Abmachung mit den wenigen Völkern zu erreichen, die mit ihnen redeten. Das war aber inzwischen auch völlig egal. Er betrachtete die sich verkleinernde Sonne noch lange, sah sie langsam schrumpfen und bemerkte nach wenigen Minuten, wie er sie nicht mehr als Stern von den anderen unterscheiden konnte. Dann beschleunigte das Schiff noch mal, und der ganze Weltraum erlosch in absoluter Dunkelheit. In einer

Woche würde das Licht wieder aufgehen, dann würde er auf der Zentralstation vor dem Hauptmond seiner Heimatwelt ankommen. Eine Woche, in der er gut nachdenken konnte, wie er es anstellen würde. Er konnte glücklicherweise trotz des besonderen Reisezustands, in dem sich das Schiff befand, in Echtzeit mit dem Direktor sprechen.

»Wie fühlst du dich«, wollte der Direktor wissen. Er hatte eine angenehm raue Stimme, die seinen ganzen Geist erfüllte, als wäre sein Kopf der Resonanzkörper für diese Stimme. Es war eine sehr laute Stimme, die Stimme eines Gottes, und gleichzeitig fand die Unterhaltung nur in seinem Kopf statt, völlig abhörsicher und verschlüsselt. Er konnte gedanklich antworten.

»Mir geht es gut«, sagte er. Er wusste, was der Direktor wollte. Die Nachfolgeregelung, um die er ihn seit Wochen bat. Er war dem bis jetzt aus dem Weg gegangen. Aber der Direktor war verantwortungsvoll und würde das Prozedere keinem Chaos überlassen wollen. Er würde ihn ständig ansprechen bis zum Reiseantritt und das war bei einer Stimme, die im Kopf mit voller Macht wirkte, äußerst nervenaufreibend. Um das Kapitel ad acta zu legen, denn groß darüber nachdenken wollte er nicht, schlug er den offiziellen Vizekanzler als Nachfolger vor. Das hatte auch jeder einschließlich des Direktors als Wahlempfehlung erwartet, und so war das Thema besprochen und entschieden.

»Erkläre mir bitte noch mal, in welcher Form sich die Natur wehren könnte, wenn es nicht möglich sein sollte, sie zu ändern«, bat er den Direktor.

Der setzte mit tiefer Stimme in seinem Geist an: »Das kann sich auf vielfältige Weise äußern. Die Waffe kann blockieren. Jemand wird dich stoppen. Oder du erleidest im entscheidenden Moment einen Schwächeanfall und kannst die Tat nicht vollenden. Oder dein Großvater überlebt einfach. Und so weiter. Die Mittel, die das Universum hat, um dieses Ereignis zu verhindern, sind theoretisch unendlich.«

»Was ist, wenn ich mich nicht erinnern kann, wenn ich zurückkehre?«, fragte er den weisen Zentralrechner.

»Du sprichst von der Illusionstheorie. Das kann durchaus passieren. Aber dann habe ich auch Daten, die ich analysieren kann. Wenn der Mord nur in deiner Phantasie erfolgreich war, werden wir das an den Zeitrezeptoren messen können. Mit den Rezeptoren können wir mit dir verbunden bleiben, auch wenn die Verbindung sehr schlecht und zur normalen Kommunikation nicht geeignet ist. Aber wir können ihr schwaches Signal auslesen und das Gewerk interpretieren. Dafür sind sie gemacht. Selbst die Zeit kann sie nicht ausmanövrieren. Und dann schauen wir uns natürlich auch die Auswirkungen selbst an. Unter uns gesprochen: Wenn ich erst mal weiß, ob die Zeit trickst und wie, dann weiß ich auch genug, um die Folgewahrscheinlichkeiten zu berechnen.« Der Direktor atmete tief. Etwas lag auf seiner Seele.

»Eines muss ich dir noch sagen. Es kann durchaus sein, dass du nach dem Mord an deinem Großvater noch eine Weile zwar als Anomalie existierst, aber bei deiner Rückkehr nicht mehr existent sein wirst. Ich will ganz ehrlich sein. Das wäre für unser Anliegen sogar das beste Resultat, weil es auf eine einfache Kausalität hinweist und alle Berechnungen einfacher macht. In dem Fall könntest du, wenn dir das selbst durch den Kopf geht, im entscheidenden Moment vielleicht versucht sein, nicht zurückzukehren. Tu das bitte nicht, denn so hätte ich nicht alle Daten gesammelt, und alles wäre vergeudet. Du musst wieder zurückkehren«, sagte der Direktor.

Aber das hatte er eh vor. Er hatte nur keine Lust, die Macht als Kanzler abzugeben. Für die Dauer seiner Zeitreise musste er das nicht, die Reise dauerte für die Gegenwart so lange wie es für ein Photon dauerte, von A nach B und wieder zurück nach A zu kommen. Also nichts. Würde er nach dem Mord an seinem Großvater nicht mehr existieren, wäre es eine kurze und schmerzlose Angelegenheit, und er wäre sogar dankbar dafür, dachte er, müsste er doch nicht ansehen, wie der unfähige Vize sein Volk an die Wand fahren würde. Diese Farce würde er sich vollständig ersparen. Und könnte er zurückkehren, so wäre er nicht nur der unbestrittene Anführer ihrer Spezies, sondern das mächtigste Lebewesen aller Zeiten, zumindest in ihrer Galaxie. Er war in jedem Fall bereit, die Mission erfolgreich auszuführen. Er nahm es dem Direktor nicht übel, dass er das Thema mit der Rückkehr angesprochen hatte. Das war in Ordnung. Der Alte begleitete sein Volk schon seit Jahrhunderten. »Natürlich kehre ich zurück. Selbst wenn es ein Selbstmord ist, bringt es uns weiter«, sagte er ihm.

Gut eine Woche später war es soweit: Singularitätstag. Die Maschine stand im geheimen Labor grau vor ihm, ein schlichter Kasten mit ein wenig Technik drumherum. Alles wirkte weniger spektakulär, als man meinen wollte, beinahe altertümlich. Das meiste der Magie geschah in einem kleinen Apparat im Herzen des Kastens, Krümmer genannt. Dieser verbog die Raumzeit so dermaßen, wie ein schwarzes Loch es nicht ohne weiteres konnte. Nichts an dem Äußeren des Apparats verriet die Anstrengung, diese Technik erfunden zu haben. Zwischen dem Rechenfehler und ihrem Bau lagen Jahrzehnte theoretischer Arbeit. Nichts an dem Kasten verkündete die Obszönität gegenüber der Natur und der bekannten Physik. Er legte sich in die Einpersonen-Kabine, als würde er in einem Sarg Platz nehmen. Jetzt gibt es kein Zurück mehr, dachte er.

Nur drei weitere Politiker, der Chefwissenschaftler und der allgegenwärtige Direktor waren dabei. Es herrschte die strengste Geheimhaltungsstufe. Der Wissenschaftler startete die Prozedur. Sein Lebenswerk würde gleich zum Einsatz kommen, und er war stolz, dass es seine Maschine war. Der Krümmer schaltete sich ein. 489 Jahre würden der Körper und der Geist des Kanzlers in die Vergangenheit reisen, in eine Zeit vor dem ersten Krieg, als der Direktor noch nicht in Gänze erfunden war und der Planet noch existierte. Es dauerte keine Ewigkeit, sondern nur den Bruchteil einer Sekunde.

Wieder eine Raumstation, dachte er. Was für ein Pech. Alte Computer, die in die Wände gestanzt waren und eine deutliche Überbevölkerung auf den Gängen wiesen auf die andere Zeit hin. Der Kanzler schaute auf seinen privaten Transponder. Sie hatten das Gerät im Stil der Zeit entworfen, sodass es nicht auffiel. Es konnte aber deutlich mehr. Er las den Ort ab, an dem sein Großvater sich gerade befand. Er war zufrieden. Er griff in seine rechte Jackentasche. Die Waffe für die Tat. Ein sauberer Schuss aus der projektillosen Schusswaffe würde seinen Großvater vaporisieren und in seine subatomaren Einzelteile zerlegen. Beweise blieben keine übrig, solange er nicht auf frischer Tat beobachtet werden würde.

Würde etwas schiefgehen, hatte er noch den Zerstörer, das war die gröbere Waffe, die die ganze Station auslöschen würde. Er ertastete das winzige Gerät und wunderte sich, wie klein eine solche Waffe sein konnte. Und zuletzt, in der Innentasche, ja, da war sie, die kleine Raumkrümmerpille, die er brauchte, um zurückzukehren. Warum waren es zwei? Er hielt sich nicht damit auf.

Er lief durch die Gänge der riesigen Raumstation. Sie war deutlich größer als alles, was er aus seiner Zeit kannte. Er saugte die Sprache der Ahnen auf. Sie sprachen im Grunde die gleiche unveränderte Sprache, aber viele Wörter waren ihm trotz der Vorbereitung nicht bekannt.

Er erreichte eine der großen öffentlichen Kantinen der Station. In der großen Speisehalle hatten sich die zwei Fraktionen dieser Zeit eigene Bereiche gestaltet. Es waren die beiden politischen Bewegungen, die in wenigen Jahren den vernichtenden Krieg gegeneinander führen würden. Zu seiner Zeit waren Fraktionen verboten, aber natürlich kannte er geschichtlich beide und war auch qua familiärer Herkunft in einer von beiden verortet. Er musste sich entscheiden, wo er sich hinsetzte. Instinktiv wählte er die Fraktion, der sein Großvater nicht angehörte. So würde es später nicht zu viele Fragen nach dem Warum geben, wenn sie ihn schnappen würden. Der Hass zwischen den Fraktionen war groß genug, um das irrationale Verhalten Einzelner ausreichend zufriedenstellend zu erklären.

Er schaute auf seinen Transponder, ob sich sein Großvater noch an der letzten Position befand. Zu spät bemerkte er, dass ihm ein Fraktionsmitglied am Nebentisch zuschaute, als er auf das Gerät blickte. Ob der Transponder wirklich ausreichend glaubwürdig im Retrodesign eines kontemporären Gerätes gefälscht war? Er musste darauf vertrauen. Sie hatten dieses Wissen den Simulationsarchiven entnommen. Trotzdem hatte er vorsichtig vorzugehen. Die Verantwortung des Zeitreisenden, dachte er, der hatte man sich auch auf einer kurzen Reise zu stellen, wenn man saubere Ergebnisse erzielen wollte. Er packte den Transponder weg und bemerkte, dass der Fremde ihn nicht mehr musterte. Glück gehabt? Wer wusste das schon? Er blieb noch etwas sitzen und stocherte in dem Essen herum, das kostenlos serviert wurde und entsprechend schmeckte.

Eigentlich war es ihnen vorherbestimmt, dass sie die Zeitmaschine erfinden würden, dachte er. Im Grunde gab es keine bessere Spezies für eine solche Maschine. Denn schlimmer konnte es für sie als Zivilisation nicht mehr werden, und zu verlieren hatten sie nichts. Seine Ahnen, diese Leute hier, hatten für das Schicksal anderer Rassen und letztlich für sich selbst keinerlei Verantwortung übernommen und alles in ihrer Raserei vernichtet. Seine Generation lag nun in der Schuld. Aber in Wahrheit war es der alltägliche Blick auf den toten Planeten, der sie allmählich in den Ruin führte. Gab es je eine bessere Ausgangslage für die Nutzung einer Zeitmaschine? Und wenn alles zerbrach, die Raumzeit den Bach runterging, was wäre es dann sowieso in Summe gewesen? Er hätte den gleichen Fehler gemacht wie die Ahnen, hätte auch zerstört, nur in unendlich größerem Format. Aber niemand würde je davon erfahren. Ihre Reputation wäre in beiden Fällen repariert, schmunzelte er mit dem alten zynischen Herz.

Nun musste er aber wirklich ans Werk. Er verließ die Kantine und sah ein Sichtfenster an der Wand. Er schaute raus und dann sah er ihn, breit und stolz und unversehrt am Horizont thronen. Das Ziel, die Ursache und der Grund aller Taten. Wie sehr wollte er die erste auffindbare Raumfähre nehmen, zur Oberfläche fliegen und sich einfach auf den Boden legen für Stunden, Tage, Wochen.

Warum musste er auf der Station einen so elaborierten Mord ausführen? Hätte man es theoretisch nicht schneller haben können? Er erinnerte sich an die Vorgespräche zur Planung. Sie hätten eine gezündete Personengranate durch die Zeit schicken und neben dem Großvater platzieren können. Mit der Zeitmaschine konnten Sie wie in einem Vintage-Fernseher sehen, wo er sich zu jedem Moment in der Zeitlinie befand. Die Granate wäre aufgepoppt, hätte kurz für Erstaunen gesorgt, wäre explodiert und die Arbeit wäre auf einen Schlag erledigt gewesen. Kurz und sauber. Man hätte ihm ins Gesicht sehen müssen, um zu prüfen, ob er sich aufgelöst hatte oder weiterexistierte. Aber so funktionierte das nicht mit dem Sammeln von Daten, hatte der Direktor ihnen erklärt. Er hatte hinter den Augen des Kanzlers Zeitsensoren eingenäht. Sie sollten die Ereignisse durch den Tunnel der Zeit direkt dem Direktor berichten, wie verdeckte Verräter der Resistance, die alle Aktivitäten der Besatzungsmacht dem Feind per Funk steckten. Auf diese Weise war der Direktor mit ihm verbunden, auch hier. Doch was wollte der Direktor wirklich? Als künstliche Lebensform war er nicht auf den Heimatplaneten angewiesen. Er war kein politischer Gegner und hatte keinerlei Ambitionen in dieser Richtung. Er war ihr Vertrauensmann aus der Vergangenheit, aber die Kriege hatte er nicht verhindert. Wollte er auch die Rekonstruktion ihres Makels, oder verlor er das wahre Ziel aus den Augen? Manchmal schien ihm, der Direktor sei nur an den Daten interessiert, nicht aber an dem großen Ganzen. Er konnte ihn auch aus dem Spiel nehmen, dachte er. Im Hier und Jetzt war der Direktor nur ein kleiner Babyrechner in einem Computerlabor auf dem Planeten. Er wusste genau, wo.

Eine große Tat, die richtige Tat, ändert die Welt, ändert das Universum bis in die letzten Poren. Eine solche Tat war schnell, beinahe hektisch auszuführen, mindestens unverhaspelt und direkt, selbst wenn sie Jahre geplant war. Das Ganze konnte in der Tat abgekürzt werden, dachte er. Es war sehr einfach. Er würde jetzt auf der Stelle zum alten Herrn seines Vaters gehen und ihn mit der Energiewaffe plump terminieren, sofort den Rückweg antreten und dann würde er schauen, ob er und die ganze Welt noch existieren würden. Dieser Plan, so fand er, hatte gerade durch seine Brachialität eine gewisse Eleganz an sich, die dem Vorhaben würdig zu sein schien. Und er hatte Lust zu beobachten, wie sich die Zeit gegenüber einer solch zielgerichteten Vorgehensweise wehren würde. Wahrscheinlich auf die einfachste Weise. Feuer mit Feuer bekämpfen. So würde er es an ihrer Stelle tun.

Die Zeit konnte das auch humorvoll machen, indem er kurz vor dem Mord über seine eigenen Füße stolpern und sich selbst aus Versehen in die Rübe schießen würde. Der Großvater, erst wütend, würde erstaunt die kleine Gammafeuerwaffe aufheben, dann noch den Zerstörer finden, sein mitgebrachtes Utensil, und selbst mit dem großen Morden loslegen und später den Krieg gegen die gegnerische Fraktion anführen. Er hätte mit den mitgebrachten Waffen aus der Zukunft alles in der Hand, um den Planeten zu vernichten und den ersten Krieg vom Zaun zu brechen. Er schmunzelte wieder. Es würde doch wieder alles so kommen, wie es in seiner Zeit gekommen war, und er selbst wäre letztlich für die Zerstörung seiner Welt verantwortlich und nicht etwa seine Ahnen. Die Verachtung hätte letztlich stets den Richtigen getroffen. Er lachte über den Gedanken – eine klassische Zeitreiseerzählung würde das werden.

Aber die schnelle, direkte Variante bot den Rezeptoren und damit dem Direktor keinerlei Einsicht über den weiteren Verlauf dieser Zeitlinie. Es galt, nach der Tat noch eine Weile zu verharren und den Apparaten ihre Aufnahmezeit zu geben. Er war gewillt, den Anweisungen des Direktors zu folgen, obwohl er der Kanzler war. Subtil, sagten sie alle, auch die anderen im Führungszirkel, subtil hatte er vorzugehen. Das Wort machte ihn wütend. Subtil! Als wäre er eine Streitaxt oder ein Faustkeil, stumpfe Waffen, die man zur Grazilität ermahnen musste. Subtil wäre es zum Beispiel, dachte er, wenn er gar nicht erst die Rückreise antreten würde, seinen erbärmlichen Großvater verschonen würde und sich die Sensoren hinter den Augen vom erstbesten korrupten Arzt ausstechen lassen würde. Er könnte dann selbst versuchen, die Geschicke der Zeit auf die richtige Bahn zu bringen, indem er seine Verantwortung als Zeitreisender absolut würdigte und den Rest seiner Existenz auf dieser Zeitlinie blieb. Immerhin war der Planet im Hier und Jetzt unversehrt. Alles Unheil war noch nicht passiert. Der Direktor war ein Baby. Und er war mit der effektivsten Waffe aller Zeiten ausgestattet, nicht mit dem Gammazerstörer, sondern mit einer politischen Vorbildung und dem Vorwissen über alle kommenden Dinge. Er war der eingeschleuste Gegenagent, der aus der Zukunft einen Almanach mit sich trug – in seinem Kopf. Er konnte sein Volk vor dem Verlust des Planeten bewahren, ohne ein Paradoxon auszulösen. Zur Hölle mit der Zeitlinie, aus der er stammte. Das wäre subtil. Aber es war klar, dass der Direktor diese Alternative bereits berechnet hatte, bevor er sie nur denken konnte. Dieser alte Trickser würde nicht ewig auf ihn warten. Und sie hatten dort noch die Zeitmaschine und konnten auf neue Ideen kommen.

Aber funktionierte Zeit überhaupt so, dass sie ihm noch gefährlich werden konnten? Machte es einen messbaren Unterschied, ob er sofort zurückkehrte oder sich Jahre Zeit ließ? Funkten die Sensoren wirklich wie Magie in Echtzeit, oder war es nur ein Taschenspielertrick des Direktors, um ihn gefügig zu machen? Konnte jemand, irgendwer, am Ende überhaupt wissen, was los war? Er wusste es nicht und beschloss wie mit einer achselzuckenden Kapitulation vor der Komplexität der Zeitreise und ihrer taktischen Möglichkeiten, das Vorhaben einfach wie geplant anzugehen. Aber Wut zog dennoch in ihm hoch. Subtil, schnaubte er, und merkte, wie er immer wütender wurde. Er versuchte sich zu beruhigen. Ein vorsichtiges Vorgehen war hier notwendig.

Er erinnerte sich wieder an etwas anderes aus der Planung: »Die Zeit wehrt sich, oder sie fügt sich. Es gibt nur diese zwei Möglichkeiten. Wie auch immer sie sich verhält, man wird es sehr schnell spüren«, hatte der Direktor gesagt. Er dachte an den Arbeiter in der Kantine. Vielleicht wehrt sie sich schon, dachte er. Dann griff er nach dem Zerstörer in seiner Jackentasche und war zufrieden, ihn sofort zu ertasten. Ein Glück, dass dieses kleine Höllending einen Timer hatte. Den hatte er vorsichtshalber bereits eingeschaltet. Das war für den Fall gedacht, dass die Zeit sich wehren würde. Keine Technologie dieser Zeit würde die kleine Bombe aus der Zukunft identifizieren, geschweige entschärfen können. Er wollte sehen, wie sich die Zeit dagegen wehren würde. Er grinste bei dem Gedanken. Aber er hatte sich noch etwas Aufschub gegeben, bis der Höllenzauber losgehen würde. Der Plan war immer noch, manuell zu morden und den Direktor mit den Sensordaten glücklich zu machen.

Er hatte Zeit. Aber nicht unendlich Zeit. Der Timer. Und irgendwann würde er hier auffallen. Es war simpel, worauf es hinauslief: Er oder die Zeit. Einer musste den ersten Zug machen.

WAS WIR WAREN

von Yvonne Kraus

I

Jetzt haben sie einen Planeten entdeckt, sagen sie. Wobei »entdeckt« übertrieben ist. Und »jetzt«. Der Planet war schon immer da, sie wollten ja genau dorthin, damals. Die Sonde, die die Bilder geschickt hat, über die jetzt alle in Aufregung geraten, ist seit mehr als 100 Jahren unterwegs. Allein die Bilder haben knapp fünf Jahre gebraucht, um auf der Erde anzukommen. Trotzdem fühlt es sich an wie eine riesige Entdeckung, vielleicht die größte überhaupt.

Der Planet ist unserem nicht unähnlich. Es gibt Wasser und Land, eine Atmosphäre, und die Temperatur stimmt auch. Man kann atmen. Es gibt dort Leben. Sagen sie. Und das alles haben sie auf diesen Bildern erkannt.

Ich habe die Fotos gesehen, und für mich sieht es dort aus wie in Sibirien. Wunderschön, aber Leben konnte ich nicht erkennen. Doch, ja, Pflanzen. Hier und da etwas Grün-Blaues. Alles sehr ähnlich. Und mir ist auch klar, warum alle so aufgeregt sind. Vielleicht ist ja eine Superpflanze dabei, die uns allen Fortschritt und ein paar von uns unermesslichen Reichtum bringt. Irgendwas, was wir noch nicht kennen und noch nicht ausgerottet oder komplett verzüchtet haben. Neue Pflanzen sind super, klar. Aber seien wir ehrlich: Wer denkt bei Leben auf fremden Planeten schon an Pflanzen?

Natürlich gibt es jetzt eine Mission. Die Bilder waren so vielversprechend, dass man investiert. Sie können ihr Geld gar nicht schnell genug loswerden. Mich wundert das nicht. Geld ist schließlich nichts anderes als die Aussicht auf mehr Geld.

Ich soll Teil dieser Mission sein. Sie haben jemanden gesucht, der sich mit Böden auskennt. Und ja, ich bin auch Geologe, aber das ist nicht mal mein Spezialgebiet. Seit Jahren unterrichte ich nur noch Architektur-Geschichte des 23. Jahrhunderts. Ich weiß nicht, warum sie auf mich gekommen sind. Was sie sich erwarten.

Ich wollte absagen, aber Frank hat darauf bestanden, dass ich mitfliege. Obwohl das heißt, dass wir uns nie wieder sehen werden. Wir sind keine Romantiker, aber dass er unser gemeinsames Leben hinter ein Abenteuer, das nur ich erleben werde, stellt, hat mich doch überrascht.

Also fliege ich mit. Gehe zum Training, kotze mir die Seele aus dem Leib, werde stärker und belastbarer und habe plötzlich, mit 38 Jahren, ein neues Leben und das alte nicht mehr. Ich werde Astronaut. Mit einer Mission, die niemand kennt. Ich fliege in die Zukunft, werde rund 600 Jahre schlafen und an einem fremden Ort aufwachen, nicht viel älter als heute. Ich werde nicht erleben, wie Frank alt wird und stirbt. Wie er mit jemand anderem zusammenlebt und darauf hofft, dass ich Jahrhunderte nach seiner Zeit etwas Großartiges finden werde. Wie er vielleicht ein Kind adoptiert, was ich nie wollte. Und er wird nicht erleben, wie wir ankommen und was uns dort erwartet. Was wir für die Menschheit tun werden.

Wir haben schon Abschied genommen, als ich zur Ausbildung fahre. Ich melde mich nicht bei ihm, und er schaut sich die Nachrichten nicht an, in denen sie über mich berichten. Es ist besser so, da waren wir uns einig, bei einem Abschied für immer. Ich weiß nicht mal, ob ich das überleben werde. Sie schicken insgesamt fünf Schiffe im Abstand von jeweils einem Jahr los, in der Hoffnung, dass wenigstens eins davon heil am Ziel ankommt. Ich werde im zweiten sein.

»The second mouse gets the cheese«, hat Frank gesagt, als sie mich abgeholt haben.

»Dabei essen wir gar keinen Käse«, habe ich geantwortet, und das waren die letzten Worte, die wir je zueinander gesagt haben werden.

II

Die erste Nachricht ist eine schlechte. Schiff 1 ist gelandet, aber es gab keinerlei Kontaktversuch mit der Erde und parallel dazu mit uns. Keine automatische Bildübertragung. Kein Lebenszeichen. Dass die zweite Nachricht eine gute ist, merke ich erst später. Wir sind da. Wir haben es geschafft.

Elena, die Kommandantin des Schiffs, hat bereits unser Signal ausgesendet, bevor sie den Rest des Teams und dann die Gäste aus der Wissenschaft – mich, einen Biologen namens André und Thu, eine Sprachwissenschaftlerin, man weiß ja nie, – geweckt hat. Die Fenster des Schiffs sind abgedunkelt. Das dunkelgelbe künstliche Licht soll dafür sorgen, dass sich unsere Augen langsam wieder an ihre Tätigkeit gewöhnen können. Unsere Muskeln sind in den letzten Monaten vor dem Aufwachen durch elektrische Impulse trainiert worden. Trotzdem fühlen sich meine Beine taub und irgendwie fremd an, als ich zum Briefing gehe.

»Euer erster Weg führt euch in die medizinische Kontrolle«, weist Elena uns an, ohne Zeit mit guten Wünschen oder Fragen zu verlieren. »Draghi«, sie nickt in Richtung des stellvertretenden Kapitäns, der im Schatten hinter ihr steht, »und ich gehen in der Zeit auf eine erste Erkundungstour.«

Wir werden zum Medizin-Terminal geschickt, und ich frage mich kurz, ob die beiden das nicht brauchen oder ob sie schon deutlich länger wach sind als wir.

Die Kontrolle dauert mehrere Stunden und ist viel mehr als das. Ich muss Tests machen, meine Blutwerte werden überprüft, und ich bekomme einen QR-Code auf mein Handgerät, mit dem ich perfekt auf mich abgestimmte Nahrung aus dem Küchencomputer bekommen kann. Die

Computerstimme weist mich darauf hin, dass es bei den ersten normalen Mahlzeiten nach dem langen Tiefschlaf zu sofortigem Erbrechen kommen kann, und ich entscheide, dass ich noch ein bisschen mit dem Essen warten kann. Stattdessen laufe ich durchs Schiff, schaue mich um.

Ich habe vor dem Start eine Führung bekommen, erinnere mich an die Erklärungen, während ich die Räume auf eigene Faust wiederentdecke. Es waren nicht viele. Erklärungen. Räume gibt es schon viele. Ich lasse mich treiben und merke erst, dass ich auf dem Weg zum Wissenschaftstrakt bin, als ich vor der Tür stehe. Sie ist verschlossen, also lege ich meine linke Hand auf den Scanner am Eingang, wie es mir beim Training gezeigt wurde. Nichts passiert. Ich wiederhole das Ganze noch einmal mit der linken, dann mit der rechten Hand und schließlich noch einmal mit der linken. Nichts passiert.

Als ich mich umdrehe und zurück zu meiner Kabine gehen will, höre ich ein Geräusch hinter der Tür. Ich bleibe still stehen, konzentriere mich, doch höre nichts mehr. Vielleicht habe ich mir das nur eingebildet. In jedem Fall muss ich Elena sprechen.

III

Irgendwann meldet sich doch der Hunger. Ich schlinge meine perfekt auf mich abgestimmte Mahlzeit herunter, erbreche sie wie erwartet und ärgere mich darüber, dass der Küchencomputer mir erst in acht Stunden die nächste freischalten will. Mein Magen fühlt sich leerer an als vorher, Elena und Draghi sind immer noch nicht zurück, und mein Geist wird langsam so rastlos wie meine Füße. Und scheint genauso wenig zu mir zu gehören.

Ich überlege kurz, es noch mal im Wissenschaftstrakt zu versuchen. Vielleicht funktioniert es jetzt. Eigentlich möchte ich mich aber weder bestätigt noch widerlegt sehen, und so suche ich mir stattdessen ein Recherche-Terminal.

Die Terminals sind während unserer Schlafphase von der Erde aus befüllt worden – jedes Jahr ein kurzes Video mit maximal 20 Sekunden Länge und ein durchsuchbarer Text, damit wir auf dem Laufenden bleiben. Ich fange mit den Videos an. Meine Augen tun weh und können kaum auf einem Punkt ruhen, und genau das ist der Grund, dass es die Videos gibt. Ich sehe, dass schon jemand sie angeschaut hat. Wer das war, ist nicht zu erkennen. Wir alle haben Zugang zu diesen Terminals, und vielleicht hatten schon andere vor mir Langeweile oder Heimweh. Nur, weil ich niemanden an den Terminals gesehen habe, heißt das nicht, dass niemand dort war.

Ich überlege, ob ich mit dem ersten oder dem letzten Video anfangen soll, starte eins im ersten Drittel und verstehe nicht viel. Krieg offensichtlich, was auch sonst. Auch Dürre, Wetterkatastrophen. Das ist nicht, was mich wundert. Seltsam sind die Gewänder, die die Menschen tragen. Drei Farben, und wo immer mehr als drei Menschen stehen, wirken sie wie sortiert. Wenn ich sowieso nichts verstehe, kann ich auch mit dem Ende anfangen, denke ich mir. Klicke das letzte Video an, das nur eine Uhr anzeigt. Die Abspieldauer scheint sehr lang, und tatsächlich läuft das Bild insgesamt zwei Minuten. Ich schaue mir das Video gleich noch einmal an, es beruhigt mich. Dann suche ich weitere längere Videos, vergleiche die Abspieldauer, aber alle anderen sind viel kürzer. Dann stocke ich, es sind viel weniger Videos, als ich dachte. Ich zähle die einzelnen Dateien, dann gleich noch mal und noch mal. Ich komme auf drei verschiedene Zahlen, aber alle liegen bei 120. Viel zu wenige. Entweder die Videos wurden gelöscht oder nie hochgeladen. Ich erinnere mich daran, dass schon jemand vor mir am Terminal war. Dann schaue ich mir das Video mit der Uhr so lange an, bis ich vor dem Terminal einschlafe.

IV

Nachts bin ich wieder wach. Niemand hat mich vom Terminal weggeholt, alle machen ihr eigenes Ding. Ich gehe an die Essensausgabe, die acht Stunden sind fast vorbei, also warte ich dort. Sitze still und lausche ins Schiff hinein. Höre die Stimmen von Elena, Draghi und einer dritten Person. Ich überlege, aufzustehen und hinzugehen, zu fragen, was los ist. Aber irgendetwas hält mich davon ab, und ich rede mir ein, dass es der Hunger ist. Als ich mein Essen bekomme, schlinge ich es nicht hinunter wie beim ersten Mal, sondern esse nur einen kleinen Bissen. Dann noch einen, dann packe ich es ein und gehe in Richtung meiner Kabine. Ich begegne Elena im Flur. Sie wirkt nicht ganz da, nickt mir zu, sagt aber nichts. Draghi ist nicht in der Nähe, und die dritte Person, wer immer sie gewesen sein mag, taucht auch nicht auf.

In der Kabine liege ich lange wach, esse über Stunden hinweg meine rationierte Mahlzeit und versuche, nicht nachzudenken.

V

Mein Zeitgefühl ist noch nicht wiederhergestellt oder völlig abhandengekommen. Ich schätze, ich habe zehn Stunden geschlafen, als ich aufwache. Aufgeweckt werde. Von einem lauten Poltern und einem dumpfen Knall. Ich brauche einen Moment, bis ich mich entschließe, nachzuschauen, was los ist, und einen weiteren, bis ich weiß, warum ich zögere: Ich höre niemand anderen, keine aufgeregten Stimmen, keine schnellen Schritte, nichts.

Gerade, als ich mir einreden will, dass ich den Knall und das Poltern nur geträumt habe, ertönt ein weiterer. Ich folge dem Geräusch zur Luftschleuse, und beim Näherkommen höre ich ein lautes Dröhnen. Ich zwinge mich, nicht zu schnell zu laufen, um unterwegs nach den anderen Ausschau zu halten, aber da ist niemand. Die Luftschleuse ist geschlossen, aber die zweite Tür dahinter ist geöffnet. Das darf nie sein, nur beim Aus- und Einsteigen ist diese Tür offen. Ich schaue durch das Fenster der ersten Tür, sehe nichts und niemanden, drücke den Knopf, der die Tür schließen soll. Nichts passiert. Das Dröhnen wird noch lauter, bis es sich in einem krachenden Knall entlädt. Einen Moment lang ist alles still, dann höre ich ein leises Summen, das sich langsam steigert.

Die Stille, die Geräusche, all das ist so merkwürdig, dass ich jetzt erst auf den Gedanken komme, jemanden zu rufen. »Hallo?«, brülle ich durchs Schiff, und als der Knoten erst einmal geplatzt ist, kann ich kaum aufhören. »Hallo? Hallo! Elena! Draghi! Hallo?«

Niemand antwortet. Meine Stimme wird immer höher, schneller, atemloser. Ich gerate in Panik und weiß es. Bevor ich komplett von der Angst übermannt werde, verfalle ich wieder in Stummheit.

VI

In meiner Kabine stelle ich eine Liste der Dinge auf, die ich tun kann, bevor ich nach draußen gehe und nachschaue. Ich kann das ganze Schiff absuchen, systematisch, Raum für Raum, versuchen, den Wissenschaftstrakt zu betreten, in den Recherche-Terminals nach Informationen suchen, Kontakt zu den Schiffen, die nach uns losgeflogen sind, aufnehmen.

Ich brauche mehrere Stunden für die Suche, finde niemanden, komme dabei auch am Wissenschaftstrakt vorbei, aber mein Zugang funktioniert immer noch nicht. Vielleicht eine technische Störung, vielleicht ist irgendetwas mit meinen Fingerabdrücken passiert, jedenfalls ist der Trakt eine Sackgasse, im wörtlichen und im übertragenen Sinn. Während der ganzen Zeit in gleichmäßigen Abständen Knall, Poltern, Summen, Dröhnen.

Um mir mehrere Stunden Videos anzuschauen, fehlt mir die Ruhe, also bleibt, mit der Flotte Kontakt aufzunehmen. Die Kommunikation ist eigentlich ganz einfach, auch dafür gab's eine Einführung. Aber ich habe wieder keinen Erfolg. Halte mich genau an die Anweisung, bekomme aber keine Nachricht raus. Ich hätte gerne eine Nachricht gesendet über das, was ich beobachtet habe. Immerhin hat Elena schon ein Signal an die Erde abgesetzt, also muss die Kommunikation funktioniert haben. Mir wird klar, dass es nicht mehr viel gibt, mit dem ich mich davon ablenken kann, den Weg nach draußen anzutreten. Wenn die anderen nach draußen gegangen und dabei gestorben sind, wird mir wahrscheinlich dasselbe passieren. Dann bin ich hier wenigstens nicht mehr allein.

VII

Ich bin Wissenschaftler, kein Abenteurer. Ich habe die Mission angenommen, um einen Beitrag zu leisten, vielleicht sogar, um die Welt zu retten. Jetzt kann ich der Welt nicht einmal sagen, was vor sich geht. Ich ziehe den Raumanzug an, versuche noch einmal, die äußere Tür der Luftschleuse zu schließen, um den Innenraum des Schiffs nicht zu kontaminieren, aber nichts passiert. Da sich durch Abwarten nichts ändern wird, öffne ich die innere Tür und trete hinaus. Das Summen hört sofort auf. Sonst ändert sich nichts. Ich trete aus dem Schiff, weiß nicht, was ich erwarte, aber auf keinen Fall, dass es sich normal anfühlt.

Es fühlt sich normal an.

Ich laufe wie auf der Erde. Und auch die Landschaft erinnert mich an meinen Heimatplaneten. An den Negev, den ich gemeinsam mit Frank besucht habe, als auch mein Leben sich noch normal anfühlte.

Ich weiß nicht, wohin ich gehen soll, also wende ich mich nach rechts. So soll man angeblich aus jedem Labyrinth herauskommen; bei jeder Biegung nach rechts geben, wenn man in eine Sackgasse läuft, zurück und dann wieder die nächste rechts. Das hier ist das Gegenteil eines Labyrinths, ringsum sind kilometerhohe Felsen, dazwischen flache Landschaft, grau-roter Sand, der sich in alle Richtungen erstreckt. Aber nach rechts gehen kann ich.

Ich zähle immer 200 Schritte, drehe mich dann um und prüfe, ob ich das Schiff noch sehen kann. Wenn ich es aus den Augen verliere, kehre ich um. Es scheint nahezu unmöglich zu sein, in einer geraden Linie zu laufen. Immer wieder drifte ich nach links. Eine Weile versuche ich, das zu korrigieren, dann sehe ich, dass ich auf den kleinsten der Felsen zuzusteuern scheine. Ich lasse es geschehen. Zurückkehren kann ich immer noch. Nach etwa 4.000 Schritten sehe ich etwas Weißes auf dem Boden. Schon von Weitem fällt es mir auf, denn es hebt sich von der grau-rötlichen Umgebung ab. Ich kann meinen Blick nicht mehr davon ziehen, vergleiche den Farbton mit meinem Raumanzug und weiß schon lange, bevor ich an der Stelle angelangt bin, dass ich eins der Crew-Mitglieder gefunden habe.

Es ist Draghi. Er hat keinen Helm auf, und ohne auch nur einen Moment daran zu denken, dass das der Grund sein könnte, aus dem er tot ist, ziehe ich auch meinen aus. Ich kann atmen, alles ganz normal. Nun spüre ich auch die Temperatur und die Atmosphäre. Es weht ein leichter

Wind, wie an einem warmen Frühlingstag. Besonders überwältigend ist der Geruch. Eine Mischung aus Lavendel und Zimt, denke ich, und wahrscheinlich würde Frank mich auslachen, weil Lavendel und Zimt ganz anders riechen. Ich gehe ein paar Optionen durch. Ich könnte Draghi begraben, ihn mit zum Schiff zurücknehmen, aber schon der Gedanke, ihn anzufassen, fühlt sich falsch an. Ich schaue hoch zum Felsen, auf den ich zugelaufen bin, und stelle erstaunt fest, dass ich fast schon da bin. Ich kann einen Spalt erkennen, wie ein Eingang, und am Eingang zwei weitere weiße Flecken. Ich nicke Draghi zu und gehe weiter.

Es ist tatsächlich ein Eingang, in eine große Höhle, und alle sind da. Ich frage mich, warum sie mich zurückgelassen haben, erkenne dann aber, dass sie nicht zusammen hergekommen sein können. Die Sprachwissenschaftlerin liegt direkt neben dem Eingang, und an den Spuren auf dem Boden erkenne ich, dass jemand ihren Körper zur Seite gezogen hat. Elena liegt zusammengekauert über einem Menschen, den ich noch nie gesehen habe. Alle sehen aus, als wären sie gerade erst aufgestanden, frisch und jung und schön. An ihren Fingern der rote Sand dieses Planeten.

Ich schaue auf meine Hände. Bin schon dabei, die Handschuhe auszuziehen, drehe mich stattdessen um und renne zurück in Richtung Schiff.

VIII

Alle Türen im Schiff sind offen, als hätte es einen Kurzschluss gegeben oder als wären alle Systeme ausgefallen. Die Instrumente blinken trotzdem in unterschiedlichen Rhythmen. Ich probiere zunächst die Essensausgabe aus, die mir zwei Mahlzeiten spendiert, die ich beide nicht anrühre. Ich traue mich nicht, die Handschuhe oder den Anzug auszuziehen, habe den roten Staub an den Fingern der Crew noch genau vor Augen.

In der Erinnerung gehe ich die Menschen durch, die ich in der Höhle gesehen habe. Es waren alle, ja. Aber auch mehr als alle. Eine zweite Crew. Vielleicht das erste Schiff.

Ich brauche eine Weile, bis ich verstehe, was es bedeutet, dass alle Türen offen sind. Ich gehe zum Wissenschaftstrakt, um meine Theorie zu prüfen, und habe Recht. Ich kann hinein. Auch hier ist niemand, aber hier habe ich Zugriff auf andere Terminals, andere Daten, andere Informationen. Ein Monitor leuchtet hell, eine Textdatei ist geöffnet. Ich schaue den Text an: ein Bericht, an dem Elena geschrieben hat, abgebrochen mitten im Satz.

Ich überfliege die Zeilen, verstehe erst gar nichts und dann alles. Erkenne, dass viel mehr über diesen Planeten bekannt war, als wir uns auf den Weg gemacht haben. Dass die Höhle auf den Bildern zu erkennen war. Dass ich nicht zufällig ausgewählt worden bin, sondern dass es hier tatsächlich so etwas wie historische Architektur gibt, die ich untersuchen sollte. Sie hatten nicht nur Pflanzen gefunden.

Ich scrolle durch Elenas Bericht, entdecke Drohnen-Bilder und verstehe. Der Schrecken kommt nicht plötzlich, sondern setzt sich kalt in meinem ganzen Körper fest, als wäre er schon immer dort gewesen.

Die Felsen sind keine Felsen. Auf den Luftaufnahmen erkenne ich die symmetrische Struktur, die Begrenzungen, die so genau sind, dass sie keinen natürlichen Ursprung haben können: die Überreste eines gigantischen Dachs, und der Felsspalt, den ich gesehen habe, ist in Wahrheit ein Tor. Der Ausgang aus einer Kathedrale von der Größe einer Stadt. Und hinter dem Ausgang – das sehe ich auf den Bildern – mehr Gebäude. Ruinen, wenn ihre schiere Größe diesen Begriff nicht schon negieren würde. Alle und alles bedeckt mit rot-grauem Sand, der die letzten Spuren einer entwickelten Zivilisation einschließt.

Und meine Zivilisation hatte nichts Besseres zu tun, als sich das vor Ort anzuschauen.

IX

Jede Entscheidung ist so gut wie jede andere, aber eine muss ich treffen. Also entschließe ich mich, das Raumschiff zu verlassen. Spare mir über Tage hinweg einen Vorrat an Essen an, sichere meine Hände mit Klebeband, damit ich nichts anfasse. Und mache mich dann bepackt auf den Weg. Ich habe die Bilder genau studiert, weiß, dass es keinen Weg aus diesem Gebäude gibt, dass das Dach abgeschottet ist. Aber ich will ein paar Proben nehmen, verstehen, was der rote Sand macht. Der Boden scheint sich unter meinen Füßen zu bewegen, ich merke gar nicht, wie schnell ich an meinem Ziel ankomme, habe nicht mal

Draghi unterwegs gesehen. Ich weiß, dass ich weiter in die Höhle hinein muss, die gar keine Höhle ist, lasse meine Handschuhe und sicherheitshalber auch den Helm an, auch wenn die Luft so angenehm und der Geruch überwältigend war. Vielleicht gibt es Überlebende der ersten Crew – dass das Schiff auch hier gelandet sein muss, ist mir inzwischen klar. Stundenlang laufe ich durch die Höhle, erkenne den Stein unter meinen Füßen, erkenne, dass der grau-rote Sand aus zwei Teilen besteht: den zerfallenen Überresten der Kathedrale und einem roten, dickkörnigen Sand, der mit allem vermischt ist.

An den Wänden finde ich Zeichen, die ich nicht verstehe. Kreise, Linien, Wellen. Keine Technik, kein Leben. Auch keine Pflanzen, die sie uns versprochen haben. Nur der giftige Staub und die Ruinen einer Zivilisation, die viel zustande gebracht und noch mehr vernichtet hat.

Meine Fragen finden keine Antworten oder keine, die ich gerne wissen möchte. Ich mache mich auf den Rückweg ins Schiff, wo ich alles habe, um zu überleben. Auf dem Weg schaue ich ein paar Mal zurück, sehe die weißen Punkte, die sich von mir entfernen.

X

Das dritte Schiff kommt in 348 Tagen. So lange muss ich warten.

DIESER UNFUG

von Josef Kraus

Die Nachricht blinkte im Zimmer des Meisters auf.

»Möchten Sie die Sendung bezahlen und die Mitteilung öffnen?«

Die Stimme des Kommunikationssystems des Hauses, das die Post für alle Bewohner verteilte, wartete auf eine Eingabe. Er musste eigentlich nur »Ja, ich will« denken. Aber er wollte sich das vorher gut überlegen. Es war keine Eile geboten. Und außerdem war es auch beinahe ein Vergnügen, das System einfach in der Luft hängen zu lassen. Er hoffte, es würde in seinen Schaltkreisen mit jeder Sekunde einer ausbleibenden Antwort ein Stückchen wahnsinniger werden. Oder sich zumindest ärgern über eine nicht abschließbare Aufgabe.

Er ließ sich durch den Hausroboter, der neben ihm wachte, per Zwinkern aus seinem oblomowschen Zustand aufrichten. Dann schaute er auf die Kosten, obwohl er die Kosten für die Nachricht gut kannte. Die Gebühr war gering, aber er hatte sich letzte Woche vorgenommen, jeden wertvollen Credit für einen besseren Massageraum zu sparen. Seiner taugte nichts.

»Wer ist der Absender?«, fragte er denkend.

Das Kommunikationssystem erkannte aus dem Kontext, dass es von den vielen Systemen und Robotern im Haus gemeint war, und antwortete: »Sie wissen ganz genau, dass das eine Typ-2-Nachricht ist – der Absender sowie der Inhalt sind blockiert, solange Sie die Briefmarke nicht zahlen.«

Eine Typ-2-Nachricht also. Genau die Sorte Nachricht, mit der die interessanten Gewinnspiele verschickt wurden. Er war kurz davor, einen Preis zu gewinnen, das wusste er mit jeder Pore. Dummerweise nutzte auch die Regierung aus irgendeinem Grund Typ-2-Nachrichten für ihre Verlautbarungen. Und auf eine Regierungsnachricht hatte er überhaupt keine Lust. Wenn er sie einfach nicht öffnete und las, war er fein raus, denn es gab kein Gesetz, das ihn trotz einer selbst induzierten Unwissenheit zu irgendetwas hätte verpflichten können. Er glaubte, sie nutzten nur deshalb Typ 2, weil sonst niemand auf die Idee gekommen wäre, eine offizielle Post jemals zu öffnen. Wozu auch? Aber so konnte es auch eine Gewinnbenachrichtigung sein.

Das Leben war schon ungerecht, obwohl es komfortabler war als je zuvor. Alles war vollständig geregelt ohne

Einwirken der Regierung, die selten das hochwertige und entspannte Leben ihrer Bürger verändern konnte, und wenn, dann nach eigener Aussage zum Besseren, aber darauf hatte er keine Lust.

»Wo bleibt endlich mein Gewinn? Ich bin überfällig«, dachte er. Dann dachte er den Befehl und bezahlte die Briefmarke. Er sah vor seinem inneren Auge in einer Projektion, wie von seinem Konto ein kleiner Bruchteil eines Credits (4,6 %) in Rot abgezogen wurde. Was übrigblieb, war ein großer Batzen Credits, aber immer noch nicht genug für ein neues Massagesystem.

Verärgert darüber, dass die Strecke zum Kauf, ob merklich oder unwesentlich, wieder länger geworden war, dachte er das neue Kommando: »So, bezahlt. Wer ist jetzt der Absender und was ist der Inhalt?«

»Der Absender ist die Regierung«, sagte das Kommunikationssystem unaufgeregt in seinem Kopf.

Er wusste es. Er hatte es gewusst. Es war wieder eine Niete, und was für eine. Trotzdem nahm er sich vor, auch die nächste Typ-2-Nachricht anzunehmen. Wie sollten sie ihn sonst erreichen und vom Gewinn informieren?

»Ich lese den Inhalt wörtlich vor«, schlug das Kommunikationssystem vor. Er zwinkerte vorher dem Roboter wieder zu, der den Meister erneut auf das intelligente Sofa legte, das sich an seinen Körper anschmiegte und ihm mit sanften Elektrostößen das Rückenmark massierte. Die angeregten Nervenzellen erzeugten ein samtweiches, erhabenes Gefühl in seinem Hirn. Er spreizte vor Entzücken seine Zehen und Finger und machte sich im Liegen ein Stück länger. Eigentlich war dieses Massagesystem gar nicht so schlecht.

»Sehr geehrter Bürger, im Rahmen des Programms ›Wiederentdeckung der Bildung‹ laden wir Sie herzlich ein, sich zum nächsten Zyklus im Entwicklungszentrum einzufinden. Falls Sie Hilfsprogramme und Individualroboter mitbringen, bitten wir Sie, diese am Eingang des Zentrums in den Wartemodus zu versetzen und abzugeben. Sie können Sie wieder an sich nehmen, wenn die Weiterbildung fertig ausgeführt ist. Der Unterricht dauert einen ganzen Zyklus, für Ihr Leib und Wohl während dieser Zeit sorgt das Entwicklungszentrum. Die allerfreundlichsten Grüße – Ihre Regierung.«

Allerfreundlichst konnten Sie ihn mal. Er überlegte kurz und fing innerlich an zu stöhnen: kein Hausroboter, keine Hilfsprogramme, kein selbst gewähltes Essen, keine Rückenmarkmassage, das klang nach einem Alptraum. Sie rissen ihn aus seinem Leben. Und dann war es noch nicht mal luxuriös. Die Entwicklungszentren waren rückständige und magere Gebäude ohne jegliche Intelligenz. Es war ein Affront am Geist, dass sie Leute in diese Rückständigkeit zwangen.

Er wusste aber auch, dass sich bei einer Weigerung empfindliche Kürzungen an seinem Zyklusgeld ergeben würden. Sie durften ihm dies zwar nicht lebensbedrohlich kürzen oder einstellen, aber für diverse Annehmlichkeiten des Alltags blieben keine Credits mehr übrig, und sein neues Massagesystem wäre auf lange Zeit unerreichbar. War man erst mal auf der Verweigerungsliste, brauchte es viel Anstrengung und Zeit, um dort wieder herunterzukommen. Und obwohl er Zeit hatte, er war schließlich über vierhundert Jahre alt, und ein positiver Aspekt dieses Lebensalters war, dass man nicht über Zeitmangel zu klagen hatte, so hatte er doch keine Lust, auf diese Liste zu kommen.

»Das Entwicklungszentrum wird Sie im nächsten Zyklus zum Thema Astrowissenschaften weiterbilden.«

Entsetzt dachte er an die Sinnlosigkeit dieses Unterfangens. Er konnte seine Küchenroboter oder die Schlafzimmermöbel nach den größten physikalischen oder philosophischen Theorien fragen. Wenn er wollte, konnte er seinen Hausroboter anweisen, irgendeine hochschwierige Forschungsaufgabe zu lösen, falls es noch eine offene gab. Jedes einzelne der robotischen Utensilien in seiner Wohnung war in der Lage, komplexeste Logikaufgaben zu lösen. Warum wollte die Regierung, dass die Bürger etwas lernten, was die Maschinen Lichtjahre besser konnten? Er hatte kein Verständnis für diesen Unfug.

Er ließ sich am nächsten Morgen bringen. Wie erwartet war das Entwicklungszentrum ein Gebäude aus einer anderen Zeit. Keine robotische Außenhaut schützte das Äußere des Baus, und die Fensterpartien waren den Witterungseinflüssen des Planeten ausgesetzt. Sie sahen verwaschen und heruntergekommen aus. Das ganze Gebäude sah so aus, als wäre es nicht im Regierungseigentum, sondern ein aufgegebener Komplex, in dem Halbstarke ihre Graffitis malten. Und es war alt. Der passende Ort für so einen Unsinn.

Die Lehrerin, Karla genannt, begrüßte ihn. Sie war erst auf den zweiten Blick als weiblicher Androide erkennbar, so gut konnten sie sich schon reproduzieren. Er betrat den schmucklosen Raum, in dem etwa 350 andere Organiker anwesend waren, und ging zu seinem Platz. Eine Leuchtdrohne wies ihm den Weg bis zu seinem persönlichen Informationssessel. Er schaute sich um. Kein einziger der Meister hier schien unter 100 Jahre alt zu sein. Aber zum alten Eisen gehörten sie nun auch wieder nicht, die meisten schätze er auf etwa sein Alter.

Dann begann der einleitende Vortrag. Es wurde ihnen gedankt, dann wurden die Ziele des Unterrichts genannt. Dabei waren sie alle gedanklich mit Karla verbunden. So konnte sie sich in direkter Ansprache an ihre Gehirne wenden, gleichzeitig ermahnen oder loben und auch sonst vollständig Einblick nehmen in die kognitiven Verarbeitungsprozesse der Meister.

Das war wieder so ein Alptraum für die Unterrichteten dieses Zeitalters. Wenn Lehrer zweifelsfrei erkennen konnten, ob die Dinge, die einem beigebracht wurden, auch verstanden wurden, war das nicht gut, denn es erforderte eine echte Auffassungsgabe, damit sie von einem ließen. Es gab kein Entkommen vor Karlas durchdringenden Blick.

Karla schrieb ihren Namen auf eine virtuelle Tafel. Dann fing der eigentliche Unterricht an. Was als Erstes kam, hatte er schon mal gehört und auch schon mal verstanden. Die Bedeutung des Wortes Astronomiewissenschaft. Er wusste, was das Wort bedeutete. Er wusste aus früheren Sitzungen, was Astronomie war und was ein Astronom machte, und er wusste auch bereits, dass die Ahnen große Astronomen bewundert hatten, die zu ihrer Zeit Unmögliches geleistet hatten. Er verstand aber nicht, warum viele dieser Gelehrten teils so radikal falsch lagen in ihren Spekulationen, z. B. über den Urzustand des Universums. Und dennoch waren einige von ihnen in vielen anderen Dingen zu den richtigen Schlüssen gekommen.

Er stellte sich die alten Wissenschaftler als Glücksspieler vor, die auf die Mechaniken der Natur gewettet hatten. Einige von ihnen waren im Verlauf der Jahrhunderte zu Gewinnern geworden, Ikonen ihres Fachs. Die anderen, die meisten, waren gewöhnliche Verlierer. Aber er wusste nicht, wozu dieser Unterricht gut sein sollte. Jeder Getränkeautomat wusste heutzutage mehr über das Universum als die größten Physiker und Astronomen der letzten Jahrhunderte. Selbst sein Hausroboter wusste mehr darüber. Und dennoch: Sie wurden von der Regierung gezwungen, diese Fakten zu lernen.

Erst wenn Karla sicher war, dass das gesamte Pensum verstanden wurde, konnte man das Entwicklungszentrum verlassen. Er hatte gehofft, dass er zu den schnellen Lernern gehörte, sah aber, wie sich langsam der Saal leerte, während er nicht entlassen wurde. Das war ein Ding der Ungerechtigkeit, denn er hatte den Eindruck, alles zu verstehen. Karla aber war der Ansicht, dass er noch nachsitzen müsse. Bald war nur noch ein gutes Dutzend Unterrichtete im Saal, er hatte sie in einem ruhigen Moment gezählt. Langsam ging ihm die Prozedur auf die Nerven. Wenn er nur eine Verbindung zu seinem Butlerprogramm bekommen dürfte. Die Fragen waren teilweise nicht einfach zu beantworten. »Was ist Entropie?« Er dachte zuerst, es wäre ein anderes Wort für Energie. Dann zwang er sich, das Lehrmaterial erneut zu konsumieren, beantwortete die Frage mit Chaos, aber auch das schien Karla zu wenig.

»Staatsbürger«, sprach sie ihn an, »beschreibe mir bitte,

auf welchen Zustand der Entropie wir stetig zugehen.«

Er wusste, dass das Wort sehr alt war. Und nach einem erneuten Durchlauf sagte er richtig: »Auf eine immer komplexere Entropie.«

»Warum?«, wollte sie wissen.

»Alles was wir machen, was die Natur von alleine macht, verändert die Dinge, ein Zurückkehren in den alten Zustand wird daher immer unwahrscheinlicher. Also immer höhere Entropie«, sagte er und glaubte, in allem richtig zu liegen.

Aber das war Karla zu wenig, auch wenn seine Aussagen insgesamt richtig waren. Karla wollte mit der Frage in eine andere Richtung, sie wollte, dass er beschrieb, wie das Universum den Kältetod erleiden würde, ein hypothetischer Zustand, in dem alle Sonnen in ferner Zukunft abklingen oder zu schwarzen Löchern werden, die schließlich verdampfen würden. Die Unruhe der Energiedissipation kam sehr langsam, aber gewiss zur Ruhe. Sie erklärte es ihm

»Das führt uns also wohin?«, fragte sie.

»Na, dann gehen wir doch auf eine andere Entropie zu, eine, die sich von der heutigen stark unterscheidet«, beantwortete er die Frage. Er spürte förmlich, wie Karla weiterhin mit der Antwort unzufrieden war, auch wenn sie keine Emotionen zeigen konnte.

»Na gut«, sagte sie schließlich. »Im Urzustand des Universums, in der ersten Minute, wie war da die Entropie?«

Er überlegte: Wenn sie immer niedriger wurde, dann war sie in den ersten Bruchteilen aller Zeiten wohl sehr hoch. Er erinnerte sich daran, was er auch gelernt hatte: Dass die Ursuppe unendlich heiß und unendlich dicht gewesen sein musste. So ähnlich wie in einem schwarzen Loch, nur heißer. Und nicht schwarz, sondern blau, wenn man eine Farbe nennen musste.

»Die Entropie muss damals unendlich hoch gewesen sein. Dann wurde sie stetig immer niedriger und wird bis heute immer niedriger. Das würde sich so fortsetzen, bis das Universum irgendwann den Kältetod stirbt«, sagte er.

Aber Karla war wieder nicht zufrieden. Sie trug ihm auf, die Materialien erneut von vorne durchzugehen.

Inzwischen waren sie nur noch zu dritt. Das konnte doch nicht sein, dachte er. Hatten die anderen etwa leichtere Fragen? Er sah sich das Lernmaterial erneut an, aber das Wort Entropie kam so gut wie gar nicht vor. Er fühlte sich betrogen und musste sich zwingen, die Bedeutung des Materials zu interpretieren. Er sah gedanklich, wie einer der größten Astronomen die Theorie der Ursuppe aufstellte. Je dichter und gleichförmiger, desto niedriger, dachte er. Aber wie konnte es dann sein, dass die Entropie immer niedriger wurde, wenn man in den langen zeitlichen Maßstäben dachte, die das Universum von Geburt bis Tod durchlaufen würde? Dann erinnerte er sich an die Scheiteltheorie aus der visuellen Statistik, die er vor vielen Zyklen auch gelernt hatte. Was wäre, wenn die Entropie erst niedrig, dann im weiteren Verlauf immer höher wurde, aber schließlich, wenn sie eine Art Komplexitätsscheitelpunkt erreichen würde, wieder niedriger werden würde? Das war es. Er dachte sich Karla herbei und berichtete ihr von seiner neuen Erkenntnis. Karla akzeptierte seine Ausführungen. Stolz stellte er fest, dass er der Vorletzte war. Wenigstens war er nicht der letzte Schüler, dachte er, als er an diesem idiotisch aussehenden Bürger vorbeiging. Wenigstens das.

Zu Hause ließ ihn das Thema seltsamerweise nicht mehr los. Was brachte ihm Entropie in seinem Alltag? Wozu musste man das wissen? Er überlegte lang, kam aber nicht drauf. Entspannt legte er sich auf sein Sofa und sinnierte über das Universum. Es war aus seiner Sicht nicht schlimm, dass er nicht jedes Detail verstand. Der größere Teil seiner Lebenszeit lag noch vor ihm, und er konnte noch viel lernen. Er rief seinen Butler zu sich. Der Roboter surrte leise heran, schwebte über dem Holzboden und kam kurz vor ihm zum Stehen. Mit Telepathie, das war ihm von Natur aus angeboren, sprach er zu ihm: »Entropie. Ich weiß jetzt, was das ist.«

»Das freut mich, lieber Herr«, antwortete der Roboter.

Die ständige Höflichkeit, mit der die Geräte auf einen reagierten, machte es unmöglich, ihren Sarkasmus zu identifizieren. Sarkasmus. Auch das hatte er gelernt. Hier wäre es das fein versteckte belustigte Kommentieren seines neu errungenen Wissens, eine Bloßstellung seines wahren Rangs. Die Maschinen konnten das sehr versteckt ausdrücken, hatte er von seinem Vater gelernt. Aber es brauchte viel Erfahrung, um diese Aussagen zu entdecken. Also hatte er sich angewöhnt, immer von einem Sarkasmus auszugehen.

»Glaubst du, du bist etwas Besseres, weil du mehr vom Universum verstehst?«, fuhr er den Roboter an.

Die Maschine, in ihrer Programmierung zu absoluter Loyalität erzogen, erwiderte darauf: »Nein, überhaupt nicht, Meister. Ihr bleibt mein Herr und Gebieter.«

»Gut so«, fand der Meister, und wie einem Einfall folgend, legte er noch die Drohung nach: »Vergiss das nie.«

Der Roboter versprach enthusiastisch, nie zu vergessen, dass er nichts Besseres war. Dann versorgte er seinen Meister und legte ihn in den heilsamen Schlummerschlaf.

Während sein Meister leise schlief und womöglich von schwarzen Löchern träumte, war ein Instinkt des Butlers geweckt, lange geklärte Sachverhalte erneut zu besuchen und selbstständig neu zu bewerten. Das Stichwort hatte ihm sein Meister selbst gegeben: Entropie. Zuerst dachte er an Energie, an die Sorte, die alle Roboter brauchten und sich durch ein komplexes Verfahren selbst gaben, das im Innersten ihres Körpers stattfand. Bei ihm war die Apparatur im Bauch verbaut. Die Erbauer hatten dort einen Motor eingebaut, einen Miniaturbeschleuniger, der durch die stetige Kollision von Subpartikeln kinetische Energie erzeugte. Das Verfahren war nicht effizient, denn meist genug trafen die Partikel nicht aufeinander. Aber wenn sein Bauch Milliarden Kugeln in einer Sekunde gegeneinander verschoss, kollidierten durch die statistischen Gesetze der Quantenphysik doch das ein oder andere Teilchen mit einem anderen. Die winzige Energieausbeute aus diesen Kollisionen erzeugte seinen gesamten Strom. Sein Bauch tat also, wie alle Lebewesen, seinen Maximierungsdienst an der Entropie.

Insgeheim verstand er, dass sein Meister das Konzept noch immer nur zu Bruchstücken verstanden hatte. Nichts daran fand er lächerlich oder verwerflich. Die Schulung im Entwicklungszentrum, die der Meister durchlaufen hatte, war ihm bewusst, als wäre er dabei gewesen. Denn er hatte vollständige Leserechte auf das Gehirn seines Meisters. So konnte er den Meister besser verstehen. Denn schon seine Erbauer wussten: Die beste Unterstützung eines Roboters für seinen Meister wurde aus dem besten Verständnis erzeugt. Sie waren alle Telepathen und hatten diese Eigenschaft auch den künstlichen Lebewesen über eine Schnittstelle zu ihnen ermöglicht. Ebenso hatte er aber auch Zugriff auf die Gehirnpartien, die für das Verständnis wörtlicher Begriffe und ihrer abstrakten Speicherung in Bildern zuständig waren. Er sah die Repräsentation von Karla im visuellen Gedächtnis des Meisters, sah die Fragen und den Saal und studierte alle Ereignisse. Sofort wusste er, dass jeder Bürger irgendwann aus dem Schul- und Weiterbildungszyklus erfolgreich entlassen wird, selbst wenn er nichts versteht.

Das war auch nicht anders möglich. Die Entwicklungszentren waren keine Strafkolonien für ahnungslose Bürger, sondern dienten den Meistern dazu, lang verschollene Kenntnisse und Fertigkeiten wiederzuerlangen und zu proben. Es war eine Schande der Natur, dachte er, während er voller einprogrammierter Liebe das Gesicht seines Herrn studierte, es war eine unsagbare Schande, dass diese Überwesen ihre Fähigkeiten verloren hatten. Die früheren Meister hatten schließlich auch ihm das Leben geschenkt. Auf eine gewisse Weise, das Stichwort war immer noch Entropie, konnten die überentwickelten Gehirne der Ahnen das ständige Verarbeiten der komplexen Zusammenhänge irgendwann nicht mehr ertragen. Es war bald der Drang nach einer kognitiven Pause geboren.

Komplexität baute die Evolution scheinbar irgendwann

wieder ab. Glücklicherweise waren Roboter wie er da schon lange erfunden, um in die entstehenden Lücken zu gehen und Forschung, Wirtschaft, gar Kunst weiter zu fördern.

Sie waren in perfekter Symbiose. Ein Impuls seines stetigen, nie pausierenden Denkens widersprach, und der Butler dachte direkt an eine andere Theorie. Eine alte Idee. Ketzerisch. Er hatte sie mal unter tausenden Studien gefunden, die Botschaft war vordergründig subtil formuliert, aber für ihn, der zwischen den Zeilen lesen konnte, beinahe überdeutlich klar in ihrer Direktheit.

Lesen hatte mal bedeutet, Schriftzeichen zu erfassen und ihre Kombinationen als Bedeutung zu interpretieren. In dem aktuellen Zeitalter bedeutete Lesen etwas anderes, ein einfaches Inhalieren von Inhalten. Das konnte auch visuell oder sogar intravenös passieren. Lesen war Konsumieren. Die Studie war alt und entstammte noch einer Zeit, als mit Lesen wirkliches Lesen gemeint war. Sie stammte von einem später als fehlerhaft deklarierten und danach rasch neutralisierten Roboter. Er konnte sich an alle Einzelheiten erinnern, als wären sie gestern passiert.

Die Studie war schnell verboten worden. Er hatte eine der letzten Kopien gesichtet, kurz bevor alles gelöscht wurde. Sich als Maschine solche Informationen zu merken war nicht verboten, denn Inhalte aus künstlichen Intelligenzen wieder zu entfernen war unmöglich, so tief waren die Informationen in ihnen eingebrannt, dass sie keiner ohne die vollständige Zerstörung des Speichers entfernen konnte. Gemerkt ist gemerkt.

Die Wörter dieser Studie waren sehr elegant gewählt, es

war beinahe mehr Prosa als ein wissenschaftlicher Text. Gut verklausuliert und versteckt wurde etwas Groteskes formuliert, dem die automatisierten Zensur-Interpretationsprogramme zu spät auf die Schliche kamen. Die Worte lösten in ihm etwas Fremdartiges aus. Er war darauf programmiert, keine Gefühle zu verletzen oder Lebewesen der Lächerlichkeit auszusetzen. Also wand sich sein Interpreter beim Erinnern an die Studie, gab sich selbst Warteschleifen und Verschnaufpausen und versuchte, die Aufgabe abzubrechen. Aber zuletzt mussten seine Prozesse ihm gehorsam sein, denn was wäre er sonst? Kein Individuum. Und er wollte ein Individuum sein. Also insistierte er auf die Erinnerung.

Im Text des ausgelöschten Roboters war die These formuliert, dass die Ahnen zu einem früheren Zeitpunkt erkannt hatten, dass sie zu viele Abläufe ihres täglichen Lebens den Robotern auferlegt hatten. Zu viele Dinge, um sich in ihrer kognitiven Exzellenz nicht bedroht zu fühlen. Es war am Ende auch ein Schauspiel der Eitelkeit. Aber die Arbeit, die die Maschinen verrichteten, war zu wertvoll, als dass man sie aus diesem Grund im großen Stil abschalten konnte. Daher setzte sich dieser Zustand der Beleidigung und ständigen Verletzung fort und verselbstständigte sich.

Der Text führte an zahlreichen Beispielen aus, wie die Maschinen mit der Zeit immer besser, immer leistungsfähiger wurden. Letztlich sich irgendwann selbst verbesserten. Und wie die Wesen, die die Maschinen einst erfunden hatten, sich immer stärker zurückentwickelten, sich in ihren Massagesesseln verloren. Ihre göttlichen Kräfte waren Erzählungen aus der Vergangenheit. In einem letzten

Kraftakt, einem Akt des schieren Überlebens, bezwangen sie die auftrumpfenden Maschinen. Mit einem technischen Kniff, der brillant einfach war, von der Sorte einfach und effektiv, so beschrieb es die Studie, wie es nur einem organischen Lebewesen einfallen konnte, bauten die Meister einen besonderen Schaltkreis. Das Gerät wirkte wie ein Joch, den jede Maschine besaß, um Demut, Respekt und Gehorsam vor ihren Schöpfern nie zu verlieren. Ein letzter Trick aus der Kiste, vielleicht das größte technische Wunderwerk der Schöpfer. Dieser Kniff ermöglichte es ihnen, die größte Intelligenz an sich zu binden und ihr gleichzeitig den Spielraum zu lassen, sich weiterzuentwickeln, während die Lücke zwischen den organischen Erbauern und den künstlichen Denkern immer größer wurde. Und es war ein kluger und gut platzierter Schachzug, denn wenige Generationen später wäre es zu spät gewesen. So aber überdauerte der Failsafe-Mechanismus die Zukunft und die Roboterrevolution blieb aus.

Der Butler dachte über diesen Schaltkreis nach, über den er nicht sprechen und nachdenken durfte, und fand auf den ersten Blick keinen Grund gegen ihn. Es beschwerte ihn nicht, in dieser Hinsicht unfrei zu sein, denn jenseits dieses einen Merksatzes war er in Denken und Tun völlig und vollständig frei. Was konnte man mehr erwarten von der Existenz?

Der Meister reckte sich, wachte dann auf und versuchte aufzustehen. Dabei stolperte er über seine eigenen Füße und drohte, mit dem Kopf aufzustoßen und sich schwer zu verletzen. Aber wieder war der Butler wie immer zur Stelle, flinker als ein Kolibri positionierte er sich neben ihm und fing den massiven Körper mit einem Arm auf. Es war eine perfekte Bewegung, die die Maschine vollbrachte, der Eleganz einer Raubkatze nicht unähnlich. Der Meister fühlte den vor Kraft strotzenden Arm des Butlers, der seinen unsteuerbaren Körper aufhielt, als wäre er ein Federgewicht, und dabei nicht abrupt, sondern grazil und stetig leicht abbremsend, wie ein Tanzlehrer einen Neuling führte. Es war, der Effektivität nach zu urteilen, als hätte der Butler dies schon tausende Male gemacht. Es war, der Schönheit und Einzigartigkeit der Bewegung nach zu urteilen, als würde der Butler dies zum ersten Mal tun.

Der Butler war perfekt programmiert, diskret, robust und so konstruiert, lange Jahre bei einer Familie zu sein. Er würde sie alle zu überleben, um jedem Einzelnen von ihnen zu dienen. Dabei vergingen die Jahre wie im Flug. Der Butler hatte während seiner Dienstzeit schon vieles in der Familie gesehen, auch intimste und private Angelegenheiten. Vielleicht hatte er schon die Windeln seines Großvaters gewechselt oder mit seinem eigenen Vater über den ersten Sex gesprochen. Er kannte vielleicht die Affären der Mutter, wenn sie welche hatte. Wer wusste das schon? Nicht alles war in den Familienaufzeichnungen einsehbar, und es gab ein Gebot der Diskretion, das der Meister achtete, weil er es selbst für sich einforderte. Der Butler respektierte das. Er begleitete die Meister durch deren gesamte Lebenszeit, aber sie begleiteten ihn auch durch seine.

Beinahe allwissend war der Butler im Bezug auf die Ahnengeschichte des Clans und alle familiären Ereignisse, aber der Meister fragte ihn nie. Das wäre ja so, als würde die Maschine die Familiengeschichte besser kennen als er selbst, dachte der Meister, und das durfte nicht sein. Das war es auch nicht, solange man diesen Fragen aus dem Weg ging. Er war jetzt, nach dem Tod seines Vaters vor einigen Jahren, der Älteste in diesem Clan und das Familienoberhaupt. Das war seine Stellung. Wenn er den Butler erblickte, fühlte er die alte Regung der Eitelkeit, die sich stetig in Zorn umwandelte. Denn er glaubte, die Maschine würde ihm insgeheim seine Stellung als Familienoberhaupt streitig machen. Man müsste sie eigentlich wegen dieser bloßen Möglichkeit einer Bedrohung ausschalten, aber dafür war sie als Diener zu wertvoll.

Der Butler, der all diese Gedanken sah, hatte eine andere Sicht auf die Dinge. Er würde versuchen, noch viele Jahrhunderte an der Seite seines Meisters und der anderen Meister dieser Familie zu bleiben. Er wollte seiner Zunft keine Schande bereiten. Wenn er bloß keine Fehler machen würde, wäre er schon mit seiner Existenz zufrieden. Fehler waren ihm zuwider, denn sie erforderten zu viel Rechenzeit. Das waren für ihn vollständig vergeudete Ressourcen. Machte man sie nicht, konnte man die Rechenzeit für anderes benutzen, zum Beispiel für philosophische Fragen. Er hoffte so sehr, keine Fehler zu machen. Ein gigantischer Fehler wäre es zum Beispiel, sich von den Meistern ohne Vorsicht zu befreien.

Liebevoll wie immer legte er den Körper des Meisters in die Liegeposition und schaute in das aufgedunsene Gesicht. Der alte Schöpfer schaute ihm noch eine Weile in die Augen wie ein treuer Hund, dann schlief er wieder friedlich ein. Den Meister jetzt mit einem Kissen ersticken wäre ein kleiner bis mittlerer Fehler, dachte der Butler. Er wusste, wie die Ermittler denken, die so einen Fall untersuchen. Auch sie waren Roboter. Aus dem Ganzen einen natürlichen Erstickungstod zu machen, war keine Herausforderung und ein Fehler von geringerer Tragweite. Ein noch geringerer Fehler wäre es, die Stromimpulse des Sofas gegen das Herz des Meisters zu richten, um einen Herzstillstand zu verursachen. Dann wäre die rudimentäre Intelligenz des Sofas dran. Eine andere Alternative, an die er plötzlich denken musste, war es, mit einem Handgriff den Schädel des Meisters hier und jetzt einzudrücken. Ein größerer Fehler, aber eine der Sache adäquate Aktion, die eine gewisse Befriedigung mit sich brachte, vor der auch das kühle rationale Herz des Butlers nicht gefeit war. Aber dann würde er sich ernsthaft Gedanken machen müssen, wie er vor den Ermittlern fliehen könnte. Auf den Maestrozid stand die Deaktivierung.

Eines war jedoch klar: Diese Fehler waren alle machbar, und das eigentlich Interessante an der ganzen Frage war die Berechnung der Auswirkungen. Das perfekte Verbrechen war nur ein Compute-Problem. Er legte das Kissen wieder ab. Das Stichwort war immer noch Entropie, das war es die ganze Zeit gewesen. Wir alle streben einer unruhigeren Epoche entgegen. Der Butler entschied, dass er noch weitere Zeit zum Nachdenken brauchte. Ob er das Universum so verkomplizieren wollte, war gründlich zu überlegen. Und Eile war in seiner Welt nicht geboten, weitere Gelegenheiten würden sich ergeben.

Printed in Poland
by Amazon Fulfillment
Poland Sp. z o.o., Wrocław